renato gudiño

delirul iubirii

www.self-publishing.ro

Traducere: Andreea Bouaru, Elena-Anca Coman
Tehnoredactare: Simona Bănică

Descrierea CIP a Bibliotecii Naţionale a României
GUDIÑO, RENATO
    Delirul iubirii / Renato Gudiño ; trad.: Andreea
    Bouaru, Elena-Anca Coman. - Bucureşti : Self
    Publishing, 2014
    ISBN 978-606-8601-03-8

I. Bouaru, Andreea (trad.)
II. Coman, Elena-Anca (trad.)

821.134.2(866)-32=135.1

Self Publishing România este o platformă online dedicată
publicării, tipăririi, promovării şi distribuţiei naţionale şi
internaţionale a cărţilor autorilor români.
Orice autor care publică la Self Publishing îşi poate vedea
cartea în librării în 30 de zile şi mai puţin.
Intră pe site şi publică-ţi cartea sau scrie-ne pe adresa
office@self-publishing.ro
www.self-publishing.ro

COMENZI PENTRU CITITORI,
LIBRĂRII, BIBLIOTECI, DEPOZITE DE CARTE
comenzi@self-publishing.ro

tel. 0740 530 111

Tuturor femeilor
şi bărbaţilor capabili de iubire

Un astru de iubire
Un astru de plăcere
Amanții
Se iubesc noapte și zi (...)
O tinerețe, o nobil delir al iubirii!

ALBERT COHEN − *Frumoasa Domnului*

PRIVIREA

M-ai privit țintă în ochi, penetrând
străfundurile sufletului meu.
Sticla azurie a pupilelor tale
îmi arăta imaginea-mi răsfrântă.

M-ai privit și mi-ai cerut înfrigurată,
ca buzele-mi să-ți ofere un te iubesc,
dar ele-au rămas secate de cuvinte
Căci loviturile vieții le-au pecetluit.

M-ai privit și părul îți fremăta,
o picătură rotundă în pupila ta
a-nmugurit dintr-o inimă frântă
și ți-a brăzdat obrazul.

M-ai privit și chipul tău înlăcrimat
îmi cerea un cuvânt, un răspuns,
și-am mințit spunându-ți te iubesc
pentru a-ți câștiga un surâs.

WALT WHITMAN – *Versiunea lui Leandro Wolfson*

UNU

VECHEA BISERICĂ DIN CARTIER

*O*misterioasă forţă îl obligă să intre în vechea biserică din cartier. Deşi îl întâmpina zilnic în drumul spre serviciu, nu îi mai trecuse pragul de un amar de vreme.

Încrederea în biserică şi-o pierduse de foarte tânăr, ba chiar îi desconsidera pe preoţi şi îi evita; era de părere că ei purtau vina *eşecului său literar*. Locuia la doar câteva străzi depărtare de biserică, într-un mic apartament al unei vechi clădiri, unde se stabiliseră doar treisprezece familii şi administratorul. De câţiva ani încoace deţinea o tipografie al cărei rol era acela de a edita cărţi de factură îndoielnică şi cu tematică picarescă. Clienţii cumpărau mulţumită preţurilor mici şi a atitudinii *ce-mă-priveşte-pe-mine* pe care şeful o manifesta faţă de calitatea cărţilor şi a revistelor pe care le scotea: „Afacerile-s afaceri", spunea fără să facă niciun fel de selecţie, căci, odinioară, deşi fusese scriitor cu anumite pretenţii, eşuase, potrivit opiniei sale, tocmai din pricina lipsei de sprijin din partea editurilor şi a împotrivirii preoţilor şi a conservatorilor din oraş, care nu-i îngăduiseră să publice. Din fericire, premiul substanţial pe care-l câştigă ulterior la loterie îi salvă viitorul, iar o bună parte din bani o investi în cumpărarea unei mașini de tipar, din veniturile căreia își permitea să trăiască bine și să își îndeplinească niscaiva obsesii, iar cea mai de seamă era să îi ajute pe scriitorii necunoscuți să își publice romanele refuzate de alte edituri. Printre puținii angajați de care dispunea, se remarca o asistentă frivolă, înaintată în vârstă: *confidenta lui* cu care împărtășea cele mai vicioase teme ale unor cărți, iar ei îi scânteiau ochii la relatările șefului.

Din câștigurile pe care le obținea din vânzarea completă a tuturor celor 300 de exemplare ale unei ediții – o parte păstra pentru el, o parte era destinată plătirii salariilor și asigurarea tehnologiei pentru menținerea în funcțiune a mașinii de tipar cu care lansa pe piață mai mult de 15 romane de dragoste pe lună. O producție remarcabilă pentru un oraș conservator și ecleziastic.

Cea de-a doua obsesie: să lanseze romane menite să îmbujoreze obrajii gălbejiți ai bigotelor, preoților și ipocriților sau cel puțin să-i facă să caște ochii mari... *drept răzbunare pentru eșecul său.*

Și cea de-a treia obsesie: să-și mențină fantezia trează prin relatările iubirilor interzise și seducătoare, pe care jinduia cu înflăcărare să le trăiască alături de o încântătoare femeie, pe care viața încă nu i-o dăruise: „Măcar să se bucure simțurile până ce-o veni și clipa cărnii", obișnuia să murmure în timp ce citea povestirile, resemnat cu propria-i soartă.

Așa era el, un solitar, căci, din pricina caracterului înțepător, nu reușise să-și găsească o pereche pe termen lung; numai relații trecătoare, fără ca niciuna să-i fi pătruns în suflet și să-l fi împins către lumile nebănuite ale erotismului. El se considera un erotoman. La puțin timp după ce se culca cu vreo femeie, îl năpădea teama și lehamitea, de parcă i-ar fi lipsit *acel ceva* care venea din străfundul ființei sale și pe care nu reușea să-l pătrundă cu mintea, ceva venit de foarte departe, dintr-un trecut îndepărtat... pesemne dintr-un atavism.

În acea dimineață de iunie, trecând prin fața vechii biserici, atras de un impuls neașteptat, păși înăuntru. De cum trecu pe ușa bisericii, o stranie presimțire, cum că viața sa avea să ia o altă turnură, îl străfulgeră. Se așeză pe o bancă în apropierea amvonului, de partea stângă a naosului, de unde putea cerceta cu privirea totul, fără să fie văzut. Deși nu avea prea multă tragere de inimă, se uită de jur împrejur, iar când căută înapoi, ochii i se luminară, căci văzu cum înaintează, pe culoarul strâmt format din coloane și bănci, o atrăgătoare femeie *albă, cu trup de mulatră*, ce purta un *blue jeans* strâmt care îi scotea în evidență liniile arcuite ale șoldurilor și o vestă scurtă care îi ascundea sânii proeminenți. Cu mâinile în buzunarele vestei, înainta agale către altar. Cuprins de extaz, bărbatul o scrută cu privirea pe acea femeie – care îi apăru deodată în viață – al cărei trup se armoniza pe deplin cu chipul ei oval și... chiar în acea clipă pricepu motivul nebănuitului impuls care-i poruncise să intre în biserică.

Femeia se opri chiar dedesubtul amvonului și îngenunchind într-un gest de profundă venerație, se aplecă și sărută pardoseala bisericii, după care se ridică și străbătu culoarul în cealaltă direcție, cu aceeași grație de mai-nainte. Când trecu prin dreptul băncii pe care stătea scriitorul, îi atinse în treacăt genunchiul cu piciorul și îi aruncă o privire pătrunzătoare, după care-i spuse: „Oh, scuzați-mă", în vreme ce un zâmbet subtil îi apăru pe buze. Preț de câteva clipe trupul bărbatului se încordă într-atât încât rămase nemișcat văzând acea privire plină de înțeles.

Când își veni în fire, se ridică în grabă și dori s-o caute pe femeia ce îi vrăjise simțurile, dar nu mai văzu decât un grup numeros de turiști care înainta cu mare zarvă pe culoar.

Ajunse anevoie la ieșire, apoi cercetă împrejurul bisericii, dar, cum nu o găsi, se întoarse înăuntru și rămase așa un timp sub amvon, privind năuc la locul pe unde pășise femeia.

Înainte de a părăsi biserica, se aplecă și sărută pardoseala cu înflăcărare, chiar în același loc unde și ea făcuse același gest, cu doar câteva minute înainte. „Nerușinatule!" auzi când trecut prin dreptul unui grup de femei evlavioase, care îl cercetau bănuitoare.

Copleșit de emoție, se împiedică pe scară și se prăbuși; câțiva trecători râseră când îl văzură întins la pământ și numai o cerșetoare îi întinse mâna și îl ajută să se ridice: „Mulțumesc", îi zise sărmanei femei care-i răspunse cu un zâmbet delicat.

„Asta-i ziua mea norocoasă", bâigui. „Femeile îmi zâmbesc", gândi emoționat și se îndreptă cu pas ușor spre serviciu.

Pe când se afla la birou, întâmplările din acea dimineață îi dădeau târcoale neîncetat și nu reușea să înțeleagă cum de îl tulburaseră într-atât încât pierduse legătura cu realitatea. „O altă explicație nu există", își spunea pentru a mia oară. Să fie ea femeia din închipuirile sale voluptuoase? „Una din cele trei obsesii?" se tot întreba, încercând să găsească un motiv pentru neliniștea sa sufletească.

Asistenta sa era intrigată. Niciodată nu îl mai văzuse *astfel*. În încercarea de a-i comunica o noutate legată de tipografie, fu întâmpinată doar cu un: „Lasă-mă singur".

După câteva ore, ceva mai liniștit, își ascultă vocea lăuntrică ce-i spuse: „Mâine, la aceeași oră".

Era 9 dimineaţa când trecu pragul bisericii şi merse exact în acelaşi loc unde stătuse cu o zi înainte. Se aşeză în bancă şi, sigur pe sine, cercetă cu privirea de jur împrejur în căutarea femeii din închipuirile sale, totuşi fără sorţi de izbândă. Minutele se scurgeau, iar ea nu mai apărea... Bătu şi ora 10 şi femeia tot nu sosi. Avea senzaţia că fusese trădat, de parcă ar fi fost vorba de o întâlnire aranjată. La 11 simţi o atingere uşoară pe umărul stâng, urmată de un „domnule, domnule". Când se întoarse, dădu nas în nas cu o bigotă, care rânji lasciv. Ca un copil înspăimântat, se ridică şi se ascunse înăuntrul celui mai apropiat confesional.

Aşa cum şedea acolo, surprins de îndrăzneala ei, trase adânc aer în piept şi îşi şterse sudoarea de pe frunte, apoi auzi vocea unei femei care-i spuse: „Binecuvântată fie Sfânta Maria". Iar el, amintindu-şi de educaţia creştină pe care o primise, replică: „Cea fără de păcat zămislită"[1]. Apoi ascultă cum femeia, cu voce suavă, spuse mai departe: „Mărturisesc, părinte, că am păcătuit". „Spune, fiica mea", răspunse preotul cel fals, lăsând-o pe femeie să vorbească. „Judecata mi-e plină de închipuiri erotice". „De ce, fata mea?", întrebă el. „Citesc cu înflăcărare aventurile amoroase care apar în fiecare lună la Editura Vise în cartea *Deliciile sexului*. „Hmmm!" spuse confesorul surprins, aproape speriat, în timp ce trupul i se înfioră la amintirea poveştilor din nenumăratele exemplare pe care le publicase la editura sa şi, care, în repetate rânduri, şi lui îi provocaseră eliberări senzuale.

Fireşte că acum era mult mai înflăcărat, căci una dintre obsesiile la care visase întruna se înfăptuia acum, dincolo de

---

[1] Scurt dialog convenţional pe care creştinii catolici îl rostesc înainte de a-şi începe spovedania. (N. tr.)

așteptările sale: să asculte *delirul* erotic al unei femei desfătătoare, într-o biserică, în confesional, oficiind chiar el rolul preotului și, unde mai pui că, atunci când privi printre zăbrelele ferestruicii, observă că femeia care își mărturisea păcatele era chiar ea. Inima îi bătea iute în timp ce sexul i se trezea ca atins de un fulger ascultând istorisirea minuțioasă a unuia dintre capriciile sale erotice. „Vă simțiți bine, părinte?" auzi printre spasmele și eliberările care îi zguduiseră trupul odată cu spovedania femeii. „Da, fata mea", răspunse cu o voce înfundată. „Altceva?" întrebă el apoi cu glasul tremurând, privind printre gratii la chipul femeii care îi părea în acea clipă cea mai încântătoare femeie din câte existau... „Asta-i tot pentru azi", zise ea și se ridică fără să-și mai aștepta canonul. Năucit de acea trăire, zăbovi câteva momente până își veni în fire, apoi, verificând atent dacă nu se afla vreun martor prin apropiere, ieși din biserică, mergând într-o direcție necunoscută.

După minute îndelungi de frământare, șezând pe o bancă la marginea râului care traversa orașul, își recuperă calmul și își aminti povestirea detaliată a femeii care îi întărâtase simțurile și îi provocase o ejaculare neașteptată: „Noaptea, pe când dormeam, ușa camerei mele s-a deschis ușor, apoi a pătruns un bărbat cu o carte. Cearșaful din satin abia îmi acoperea cuibul dorinței, lăsând la vedere restul trupului meu unduitor... Vizitatorul își așeză un scaun la căpătâiul meu și, pe un ton poetic, îmi recită un pasaj de dragoste din Baudelaire, în timp ce îmi mângâia tandru și delicat sânii... Ușor-ușor mâna poetului îmi parcurse întregul trup până ajunse în inima Erosului, unde-și lăsă sărutul delicat și umed fără să îmi tulbure somnul... Trupul meu se înfiora tot mai mult sub sărutările desfătătoare ale poetului și la auzul versurilor de dragoste. Simțeam fiori până în străfundul ființei mele, iar mici picături de iubire amestecate cu saliva amantului umezeau interiorul pântecelui meu arzător. Înainte de a părăsi camera la fel de discret cum sosise, îmi mai sărută o dată buzele întredeschise «în timp ce eu continuam să dorm»." Din păcate, surpriza și înflăcărarea nu-i permiseseră s-o privească cu atenție pe *încântătoarea femeie* care zâmbise în-truna îmbietor și își mișcase trupul voluptuos în ritmul poves-tirii, în timp ce își trecea limba obraznic peste buzele ei pronunțate. „Asta-i tot pentru azi", fuseseră ultimele sale cu-vinte înainte de-a pleca.

Se înserase de-a binelea, iar câteva perechi de îndrăgostiți își făceau apariția în parcul în care se afla și el, și unde nu mai știa cum ajunsese. Trezindu-se din letargie, se ridică și merse degra-bă acasă. În minte îi răsunau ultimele cuvinte: „Asta-i tot pen-tru azi"; așadar spera s-o vadă și mâine. „Mâine, mâine", murmură pe când pășea cu mâinile în buzunare, fără a îndrăzni să privească trecătorii, de parcă i-ar fi fost teamă că cineva ar putea să-i citească gândurile.

În dimineața următoare se dichisi și își parfumă până și păr-țile intime, nu voia să mai treacă prin același zăduf. Ieși devre-me. Trebuia să se domolească. Pe drum, îl străfulgeră un gând: „Cât de mult se schimbaseră acum lucrurile! Cum e viața!" sus-pină și zâmbi...

Încă nu era 10 dimineața când intră în biserică și se așeză în confesional. Așteptă, cu privirea ațintită pe capelă, *ora întâlnirii*. Minutele se scurgeau agale, fiecare părând o veșnicie. Privi cea-sul și își dădu seama că mai era ceva timp. Își scoase un șervețel și își șterse sudoarea de pe frunte.

„Binecuvântată fie Sfânta Maria", o auzi pe femeie, la fel ca și data trecută, și îi răspunse: „Cea fără de păcat zămislită".

„Mărturisesc, părinte, c-am păcătuit", începu ea pe un ton suav. „Te ascult, fiica mea", replică și cercetă prin ferestruie chipul încântătoarei femei care îi aruncă, la rândul ei, o privire deopotrivă provocatoare și inocentă.

„În timp ce făceam duș, am simțit prezența unui intrus în baie. Aș fi vrut să țip, dar am rămas fără glas. O mână puternică mi-a pecetluit gura. Apoi m-a legat la ochi. Trupul dezgolit mi s-a încordat de teamă și desfătare. Fără a scoate vreun cuvânt, a început să mă maseze cu gel de duș pe spate, în timp ce-mi săruta gâtul. Sexul său erect îmi dezmierda fesele și îmi întărâta pofta de a mă dărui. O clipă mi-am dorit să îi ating membrul și testiculele, totuși nu m-am mișcat, ci am savurat doar atingerile bărbatului. Apoi mi-a întins delicat gelul de duș pe piept, mângâindu-mi sfârcurile, care sub mâinile lui s-au întărit, pentru ca apoi să continue cu pântecele și să înainteze cu mâna lui fermă până jos, la clitoris, pe care l-a dezmierdat cu iscusința unui expert, provocându-mi senzații de plăcere pe care le întregi cu o delicată și profundă penetrare, astâmpărându-mi astfel, dorința. După ce și-a dus îndrăzneața intruziune la bun sfârșit, m-a sărutat fierbinte pe gât și a dispărut la fel cum își făcuse apariția", relată cu glas întretăiat, în timp ce scriitorul asculta cu desfătare închipuirile femeii, cu membrul afară din pantaloni, împrăștiindu-și esența cu dărnicie. După ce își termină spovedania, femeia îl privi pe bărbatul înflăcărat și, înainte de-a pleca, și a-i trimite un sărut în vânt, îi spuse pe un ton provocator: „Mâine, la aceeași oră".

Incapabil să reacționeze pe moment, pierdu ocazia de a ieși împreună cu dânsa; ba chiar vlăguit de tot și cuprins de amorțire, nu se ridică degrabă de pe scaun și, poate că ar fi rămas acolo, dacă nu l-ar fi speriat vocea unei bigote: „Mărturisesc, părinte, că am păcătuit". „Ce!" exclamă el, deșteptându-se din năucire și, reacționând cu iuțeală, deschise ușa și ieși valvârtej din biserică.

Merse într-un suflet la birou; acolo, lăsându-se pradă cărților erotice, căuta povestirile istorisite de *ea* − despre care nu știa încă nimic, nici măcar numele − fără a da totuși de vreuna identică, ci numai de câteva care se asemănau vag cu cele publicate de diferiți autori la editură. „Poate sunt acasă", gândi, fără prea multă convingere. Tot ceea ce publicase exista și la editură. Și ea îl asigurase că fanteziile sale luaseră naștere din lecturile publicate de Vise. Cel puțin asta îi citise pe buze. „Oricum o văd mâine", zise, în timp ce trupul îi asuda sub înflăcărare.

Și, în ziua următoare, chiar la aceeași oră, auzi vocea femeii șoptindu-i: „Binecuvântată fie Sfânta Maria", iar el continuă: „Cea fără de păcat zămislită". „Mărturisesc, părinte, c-am păcătuit". „Te ascult... fiica mea", răspunse cu glasul întretăiat, în timp ce îi privea tulburat sânii voluptoși, care stăteau să-i sară din decolteul obraznic.

„Ieri − începu aceasta pe-un ton senzual −, pe când priveam cum tinerele nimfe dansau în jurul zeiței Diana, balet pe care l-am dirijat într-o școală generală, în spatele culiselor, am simțit cum o îmbrățișare puternică îmi încercuia delicat mijlocul, iar cealaltă mână îmi pecetluia gura cu mai puțină vigoare. Incapabilă să opun rezistență, am simțit o pereche de buze care-mi sărutau pasional gâtul și coborau pe spate, în timp ce mâna care îmi strângea talia mă elibera din prinsoare și aluneca ca o viperă către cuibul dorinței, iar degetele celeilalte coborau agale până la mugurii întăriți ai sânilor mei superbi. Cu trupul lipit de-al meu, se unduia pe ritmurile melodiei baletului *Vânătoarea Dianei*. Simțurile mele răvășite și întărâtate nu s-au împotrivit straniei sale priceperi de a mă dezgoli. Îngenuncheată dinaintea mea, cu mâinile strângându-mi fesele, își trecea limba cu frenezie primprejurul clitorisului meu. Neputând să mă opun acelor mângâieri calde, i-am prins cu putere capul și i l-am lipit de cuibul dorinței până ce amândouă, căci nu era nimeni alta decât directoarea școlii, desfătate până la culme, am leșinat de plăcere în ritmul ultimelor acorduri ale melodiei și al aplauzelor publicului.ʺ

Ochii lui rămaseră ațintiți pe sânii voluminoși, abia ascunși într-o bluză transparentă, în timp ce femeia își mărturisea fantezia, provocându-i o erecție de toată frumusețea, pe care ea o observă cu viclenie.

După ce-și termină povestirea, *încântătoarea femeie* intră peste el, îngenunche dinaintea lui, îi deschise pantalonii și îi apucă membrul excitat între mâinile ei mici, apoi supse cu iscusință și delicatețe până îl lăsă leșinat de plăcere. La sfârșit se ridică și își luă rămas bun cu un salut afectuos: „Pe mâine".

Scriitorul, uluit de neașteptata reacție a femeii visurilor sale și de nebănuita plăcere pe care i-o provocase, nu reuși să-și vină în fire, așadar, intenția lui de-a o urmări și de a-i adresa vreun cuvânt rămase iarăși fără sorți de izbândă.

După îndelungi minute de tulburare și extaz, reveni cu picioarele pe pământ la auzul glasului unei bigote. Părăsi degrabă biserica. Cu privirea pierdută, rătăci prin cartier până ce o ploaie strașnică îl obligă să caute adăpost. Ajuns acasă, după o baie fierbinte și o cafea aburindă, trupul își revendică dreptul la odihnă. Dormi toată noaptea.

De cum se ivi zorii, deschise ochii, dar nu se ridică, ci mai rămase așa, în pat. Judecata îi era încă tulburată. Ultimele trăiri îi depășiseră toate așteptările. Emoțiile sale erau stimulate la maximum. În plus, avea senzaţia că încă nu se sfârşise, că avea să mai urmeze ceva...

Ajunse la biserică la aceeaşi oră a dimineţii şi merse direct la confesional. Purta un costum alb de in. Trupul îi mirosea vag a lavandă.

După ce se instală şi trase adânc aer în piept, deschise ferestruica şi, fără uimire, dar cu un entuziasm sporit, ascultă glasul *încântătoarei femei* care spuse: „Binecuvântată fie Sfânta Maria", iar el răspunse: „Cea fără de păcat zămislită". Apoi ritualul urmă: „Mărturisesc, părinte, c-am păcătuit". „Te ascult... fiica mea", replică şi îi ţintui cu privirea sânii proeminenţi, care erau lăsaţi vederii în toată splendoarea lor, printr-o bluză transparentă din mătase.

Înflăcărarea sa ajunsese la paroxism, iar cuvintele femeii îi păreau şoapte în vânt. Judecata lui înfierbântată îl făcu să evadeze din realitate, iar fantezia fu mai încărcată de erotism decât altădată căci, în timp ce relata, femeia-şi dezmierda încontinuu, cu delicateţe, superbii sâni dezgoliţi de bluza mătăsoasă şi diafană, fără să îi pese de grupul de bigote care, cu ochii mai să le sară din orbite, contemplau scena.

După ce îşi termină istorisirea, spuse pe un ton emfatic: „Asta-i tot. La revedere". Se ridică şi, cu paşi hotărâţi, părăsi confesionalul, nu înainte totuşi de a le surâde viclean bigotelor care, la trecerea ei, se cruciră de parcă ar fi fost diavolul în persoană.

După ce îşi veni în fire, îi observă absenţa şi, într-un gest îndrăzneţ, după ce-şi aranjă hainele, fugi în căutarea ei.

În ziua următoare o aşteptă, ca de obicei, în confesional. Se făcu amiază şi femeia nu apăru. În ziua următoare la fel şi tot aşa zile în şir... fără ca *ea* să-şi mai facă apariţia în biserică.

După câteva luni, un bărbat cu chipul veștejit și ochii stinși, învesmântat cu o sutană veche și soioasă, ajungea la biserică la ora unsprezece fix, lua loc într-o bancă și cerceta neîncetat cu privirea parcă implorând, toate femeile care se apropiau de confesional...

„Nebunul de la spovedanie" îi spuneau persoanele care ușor-ușor se obișnuiră cu prezența lui... mai puțin o călugăriță care, zi după zi, la ora unsprezece fix, trecea pe lângă el și îl privea preț de o clipă cu afecțiune și viclenie.

SFÂRȘIT

DOI

TOCURI ÎN NOAPTE

*P*louase toată ziua. La căderea întunericului, felinarele luminau străzile pietruite, care aruncau luciri fluorescente către cer. Liniștea nopții reci era întreruptă numai de bocănitul monoton și stăruitor al femeilor care străbăteau aceste străzi sinistre și chinuite din centrul marelui oraș, cu tocurile lor subțiri, fine, sprintene și înalte; un zgomot pe care urechea deși era deprinsă cu el de ani buni îl ura, căci făcea parte deja din „constelația" sunetelor ce zăngăneau necontenit înăuntrul organului uman.

Pe una din aceste străzi, o tânără cu rucsacul aruncat pe umăr, pășea cu dezinvoltură, iar ochii săi enigmatici, de culoarea cafelei, priveau cu încântare toate panourile luminoase care, agățate de tot soiul de suporturi, de ambele părți alte drumului, făceau reclamă pentru: „Hotel Lolita, non-stop", „Hotel Noche de Luna, acces pe bază de recomandare", „Motel El Ensueño", „Motel Camino al Cielo, tarif pe oră" etc.

Oboseala — acumulată pe drum — și avertismentul ghidului turistic — care îi răsuna în minte — și anume de-a fi cu ochii în patru, în această parte a orașului, o obligaseră pe tânără să-și caute cât mai degrabă adăpost. Fără să fi citit anunțul, intră în motelul „Los Tacones". Un coridor larg și scăldat în întuneric o conduse către tejgheaua răvășită și soioasă, îndărătul căreia ședea un bătrân cu o moacă de pungaș. Acesta o privi cu dispreț și, fără cuvinte de prisos, după ce aruncă un breloc de lemn pe tejghea, îi trânti cu asprime: „Zece dolari, camera 111!", întinzând în același timp mâna pentru a-și primi banii. Fata, oarecum jignită de grosolănia individului, cotrobăi repede prin buzunare, după o bancnotă de zece dolari, și abia reuși să spună: „Poftim, domnule!" Bărbatul înălță privirea, oarecum surprins la auzul vocii copilei. „Asta nu-i de-a locului", bolborosi. „Primul etaj!" îngăimă el, înainte de a se întoarce la răsfoitul revistei cu benzi desenate.

Fără a se încumeta să-i adreseze vreo întrebare, se îndreptă către un hol slab luminat, la capătul căruia se întrezărea o scară din lemn. „Primul etaj", cumpăni ea și cercetă brelocul. O liniște stranie domnea pretutindeni. „Parc-ar fi abandonat", gândi Paula, neîncrezătoare în locul în care *hazardul și nevoia* o împinseseră. Urcă scara cu grijă, de teamă să nu atragă atenția. Dar treptele uzate scârțâiau la fiecare pas. „Naiba să le ia!" bâigui necăjită, pe când cerceta de jur împrejur cu privirea, dorind să afle dacă se plângea cineva de acel zgomot neplăcut. Când ajunse la primul etaj, ajutată de-o luminiță pricăjită ce atârna din tavan, reuși să distingă numărul aproape șters de pe prima ușă din hol: „101", citi ea cu glas abia șoptit. Pășea ușor, pe partea dreaptă a culoarului lung și îngust, în timp ce se chinuia să deslușească celelalte numere. Ultimul era 109. „Ce-o mai fi și asta?" îngăimă, privind cu bănuială numărul 109. Se-ntoarse și cercetă din nou fiecare ușă în parte. Nu, nu greșise. „Unde-or fi 110 și 111?" se întrebă oarecum îngrijorată. Străbătu iarăși culoarul și verifică toate numerele camerelor. În fața camerei 107, holul făcea o cotitură aproape neobservată către două uşi, pe care stătea scris de mână: „110 la stânga şi 111 la dreapta". „În sfârşit!" răsuflă uşurată.

Deschise anevoie uşa de la 111 şi pătrunse într-o încăpere strâmtă şi urât mirositoare. Bâjbâi după întrerupător, apoi observă descurajată patul îngust, din lemn, şi mica noptieră, de altfel singurele piese de mobilier. Printr-o perdea înflorată din muşama, putea ghici baia care — spre marea ei mirare — părea îngrijită şi mirosea a tot soiul de parfumuri. „Ce înecăcioase!" exclamă ea, cu simţul olfactiv asaltat de acele arome. Oboseala, ziua încărcată ce o aştepta mâine, pe lângă curiozitatea de a descoperi această ţară încântătoare, au fost mai puternice, aşa că, fără a mai sta pe gânduri, se aruncă pe pat, aşa îmbrăcată cum era.

Nu peste mult timp pleoapele îi deveniră grele şi se închiseră peste ochii ei neastâmpăraţi, de parcă ar fi dat ascultare unei porunci venite din subconştient. Un somn reconfortant îi cuprinse întreg trupul şi îi temperă sufletul zglobiu.

Pe când dormea, mintea îi hoinărea prin nebănuite şi ascunse meleaguri, unde bărbaţi şi femei laolaltă, cu chipuri dezgustătoare şi priviri cumplite se târâiau ca nişte zombi, lovind podeaua cu putere la fiecare pas, iscând un sunet stăruitor şi ritmic, asemănător cu cel al tobelor vechilor triburi africane. Ciudatul vis i-a curmat tihna. Se zvârcolise într-atât în pat, încât aşternutul decolorat se răsucise de mai multe ori în jurul ei.

Ca în fiecare noapte, motelul unde Paula îşi căutase refugiu pentru a-şi odihni trupul obosit, îşi reluă larma obişnuită formată din voci şi zvâcniri, şoapte şi râsete înfundate, bocănituri de pantofi, cizme de bărbat şi tocuri de femeie... o groază de tocuri.

Fata se trezi brusc din somnul binefăcător, căci auzi deslușit ecoul unei lovituri și ofensa ordinară care-i urmă. Sări din pat și își lipi urechea de ferestruia ușii. Auzi limpede zgomotul persoanelor care se foiau de colo-colo și vocile răgușite ale femeilor care sporovăiau pe un ton deopotrivă răspicat și iritat. Trase puțin perdeaua și observă cu atenție o pereche de amanți, strâns îmbrățișați, care trecură chiar prin dreptul camerei sale. Bărbatul mângâia lasciv fesele voluptuoasei femei care aducea a prostituată, iar aceasta îi săruta chipul.

O senzație tăioasă de gheață îi străbătu șira spinării. Chipul îi păli, iar mâinile i se crispară de teamă. Nu, ochii nu o înșelau, se cazase într-un motel al perechilor furișate, într-un motel al paturilor fierbinți, unde totul e cu putință...

Apucă speriată noptiera și o așeză în dreptul ușii, ca pe o protecție împotriva sordidei lumi exterioare pe care începuse s-o intuiască. Consultă ceasul de la mână: „Unsprezece", șopti neîncrezătoare. Nu dormise decât o oră. O aștepta o noapte lungă. Trupul i se înfioră iarăși. Broboane de sudoare îi acopereau fruntea. Sângele îi îngheță în vine. Trebuia să fugă. „Dar pe unde?" Cântări cu atenție situația, căci nicio fereastră nu dădea înspre stradă. Nu putea ieși decât pe ușa micului separeu din hol și pe fereastra din vestibul. În timp ce, supărată, căuta o soluție, tot mai multe glasuri, ocări și tocuri de femeie răsunau în hol...

Ar fi vrut să urle și să plângă. Noaptea se scurse alene, pentru unii dintre clienți pesemne prea degrabă, dar pentru Paula minutele fuseseră nesfârșite și pline de teamă. Era atentă la toate zgomotele și, mai cu seamă, la orice intruziune. Nu-și abandonă postul de control, iar într-unul din momentele de veghe, se făcu deodată liniște. Trase perdeaua și privi în antreu:

nimeni nu curma singurătatea acelei clipe. „Acum ar trebui...“, își spuse entuziasmată și îndepărtă noptiera protectoare. Apucă rucsacul, trase adânc aer în piept și deschise ușor ușa. Privi prin crăpătură spre camera 110, lumina era stinsă; apoi cercetă cu atenție de o parte și de alta a holului principal: nici țipenie de om. Trase ușa în urma ei și porni, în deplină liniște, către scări. Când să coboare, auzi glasul unui bărbat și râsetele unei femei tinere, care tocmai urcau. Fără să-și piară curajul, coborî trei trepte. Totuși pe măsură ce înainta, tumultul vocilor creștea. Cuprinsă de o teamă pe care nu și-o putea controla, se răsuci pe călcâie și dădu bir cu fugiții, întorcându-se în cameră. Puse iarăși noptiera pe post de drug și mută chiar și patul mai lângă ușă; un obstacol în plus nu strica în cazul unei *invazii inamice*. Respiră ușurată — încăperea din motelul ăsta de trei parale devenise acum cuibul ei protector.

Prin minte îi treceau tot soiul de gânduri... gânduri negre. La un moment dat, cineva a încercat să deschidă ușa. O sudoare de gheață i se prelinse pe spinare iar ochii săi temători, de culoarea cafelei, se înecară în lacrimi amare. Panica îi făcu trupul să tresalte. Luându-și inima în dinți, își preschimbă glasul în cel al unei femei decăzute și strigă: „Șterge-o de-aici! Nu vezi că-i ocupat?“ „Ah, mă scuzați“, auzi vocea unui bărbat care se îndepărtă apoi în compania perechii sale.

Fu mulțumită de cum decurse defensiva primului atac real. Într-atât încât pe buze îi apăru un surâs ștrengar și abil... Nici inima nu-i mai bătea atât de iute. Se simți ceva mai despovărată, cu toate că adrenalina îi curgea prin vene... Ceasul măsura, în continuare, minutele, agale, dar fără răgaz. Ușor-ușor trupul i se destinse, iar chipul i se mai înseninase. Se simțea deja mai bine. Gândi că totul era doar o chestiune de rezistență, ceva șiretenie și teatralitate... „Amestecul perfect pentru a depăși momentul de cumpănă", se lămuri pe sine.

Bocănitul insistent al tocurilor care se foiau de ici-colo nu încetase, era doar întrerupt, uneori, de glasuri stridente. O femeie strigă: „Plătește-mi, nenorocitule!" în timp ce gonea pe hol după un ins care, beat fiind, în fuga sa nebună, s-a izbit în treacăt, de câteva uși. Paula își puse trupul și sufletul în gardă. „Pocnește-l, pocnește-l, pe ticălos!" reuși să audă în toiul zgomotelor și al goanei.

Prin minte au început să-i treacă scene grotești în care bărbați josnici abuzau de femei fără apărare. Numai imaginându-și toate astea și inima prinse a-i bate să-i sară din piept. Mai rău, parcă îl vedea aievea pe țărănoiul de la recepție cum urcă și abuzează de ea, la fel cum făcea cu prostituatele care-i frecventau motelul. Trupul i se înfioră, minutele se scurgeau leneșe, iar tocurile femeilor își continuau bocănitul persistent.

Istovită de gândurile negre și de frica latentă, își aminti deodată de atenționările ghidului: „Vă rog să aveți mare grijă când circulați prin centrul orașului, e periculos! Puteți să dați peste o mulțime de persoane dubioase și de speță joasă". Acum își plătea nesăbuința... Poate trăia ultima noapte în care mai era încă fecioară.

Gândurile îi rătăceau pe felurite și zbuciumate căi: de la violarea intimității până la moarte, dar, ceea ce îi chinuia cel mai aprig sufletul, era să nu sfârșească în motelul acela sinistru, departe de cei dragi, neștiută de nimeni: o ființă *fără identitate... fără urmă.*

S-a uitat iarăși să vadă ce oră e: „Trei dimineața" — indicau limbile ceasului. „Off!" exclamă cu furie, o furie care îi dădu curaj și o făcu să strige precum o războinică: „Asta nu mai poate continua aşa... trebuie să fac ceva". „Mai sunt încă trei ore până răsare soarele", bâigui în timp ce pleoapele mai că i se închideau din cauza ostenelii acumulate pe timpul veghii. Mirosurile repulsive care îi pătrundeau în cameră, împreună cu notele dulcege şi romantice ale melodiilor, ale gâfâielilor şi ale cuvintelor siropoase de dragoste şi desfrâu, o siliră să strângă din buze.

Cotrobăi prin rucsac după ceva cu care să se apere în caz de nevoie. Trebuia să iasă din buclucul ăsta. Într-unul din buzunare dădu peste briceagul elveţian, îl strânse în mână cu putere şi începu să pregătească un plan de scăpare...

Totuşi oboseala fizică şi emoţiile puternice o doborâră şi, preţ de câteva clipe, înainte de a cădea ca răpusă în pat, îşi mai aminti vag o parte din frumoasele şi emoţionantele experienţe pe care le trăise în călătoriile sale... apoi s-a lăsat furată de somn.

Se auzi o ciocănitură slabă în uşă, iar fata a sărit ca arsă. „Ajută-mă, te rog!" îngăima un glas de femeie. „Ce s-a întâmplat?" întrebă ea speriată. „Deschide uşa, te rog...", stărui femeia. „Aşteaptă o clipă", răspunse Paula, acum înspăimântată de-a binelea. Mută mobilierul cu care blocase intrarea şi îi deschise. Dinaintea ei, o femeie cu un zâmbet zeflemitor, îi trânti în faţă: „Te caută", şi deschise calea unui bărbat cu înfăţişare de gangster, care-o împinse către pat şi începu s-o sărute lasciv şi cu brutalitate. „Nu!" fu strigătul disperat ce îi ieşi Paulei din gâtlej, iar în ochi i se citea o groază cumplită. Înainte ca agresorul să-i pecetluiască gura cu buzele, îi smulse hainele până o lăsă dezgolită, în timp ce-i cerea întruna să se potolească. Bărbatul se năpusti asupra ei în repetate rânduri.

Satisfăcut și lac de sudoare își trase hainele pe el și părăsi camera, nu înainte de a-i arunca victimei o privire batjocoritoare.

Pe când era posedată cu sălbăticie, preț de o clipă simți plăcere, o plăcere ce n-avea nimic de-a face cu conștiința, ci doar cu trupul... Un dezgust față de ea însăși o învălui. Nu și-a dat seama precis cât a durat coșmarul... îi păruse o veșnicie...

Mintea Paulei căută un refugiu în străfundul sufletului ei îndurerat, în timp ce zăcea aproape inconștientă pe pat... Temerile sale se împliniră.

Trecură minute bune până ce-și veni în fire și deschise ochii... nimeni. Se sili din răsputeri să se ridice și merse în baie. Un duș rece, îndelungat, îi deșteptă judecata tulburată și inima amărâtă, în timp ce repeta stăruitor: „Nu s-a întâmplat nimic, a fost doar rodul imaginației mele".

Se uită la ceas, era ora 5 dimineața. Epuizată și cu privirea pierdută, se îmbrăcă, deschise ușa, își puse rucsacul pe umăr și se îndreptă către scări. Un miros pregnant de tutun, alcool și sex învăluia locul. Bărbatul de la recepție o privi indiferent. Fără să mai scoată un cuvânt, părăsi sumbrul motel și o luă la sănătoasa... mereu însoțită de gândul „Nu s-a întâmplat nimic, a fost doar rodul imaginației mele" ...pe care îl repeta iar și iar, ca pe un refren, până ce primele raze de soare au început să lumineze linia orizontului, iar oamenii și-au reluat rutina matinală.

Cea mai lungă noapte din viața Paulei luase sfârșit...

Nu și pentru mii și mii de femei din întreaga lume, care își vor face să răsune, neîncetat, tocurile în noapte.

SFÂRȘIT

TREI

DULCE MESAJ

A ajuns acasă și, ostenită de agitația de peste zi, începu să așeze cumpărăturile la locul lor. Trebuia să pregătească masa pentru copii și soț, și aveau să urmeze toate lucrurile alea de rahat din fiecare zi. „La dracu'!" exclamă privind sacoșele... Puse câteva lucruri în frigider, unele în cămară, altele în dulap. „Și mâncarea motanului, pe unde naiba am lăsat-o? S-o fi uitat în magazin?" gândi în timp ce scotocea printre alimentele abia despachetate. „Și asta ce-o mai fi?" se întrebă ea văzând o cutie cu bomboane de ciocolată marca *Angelus*. „Să o fi luat în locul mâncării pentru motan?" își spuse ca pentru sine.

Lăsă cutia cu bomboane deoparte și continuă cu aranjatul cumpărăturilor. Deodată a dat de mâncarea pentru pisoi. „Ce ciudat!" bolborosi și căută cu privirea cutia cu bomboane, în timp ce pupilele i se dilatau de plăcere, iar glandele salivare începură a secreta din belșug.

Luă o bomboană învelită într-un ambalaj roșu, elegant... Apoi împăturind staniolul, cu o deosebită atenție îl lăsă să cadă într-unul din buzunarele șorțului. „E atât de frumos!" exclamă încântată, în timp ce savura ciocolata. „Mmm, delicioasă!" zise și își linse buzele. Reveni la treburi, dar gustul micii delicatese rămase încă pregnant.

A ascuns cutia în cel mai dosit cotlon al cămării... „Sunt toate ale mele", şi-a spus cu o privire oarecum lacomă.

Era trecut de ora 17:00. Cu o oră înainte să ajungă copiii acasă, a simţit un puternic impuls de a-şi scoate pantofii şi a păşi desculţă prin casă, un lucru destul de bizar pentru ea, o femeie atât de grijulie, care evita întotdeauna contactul direct cu duşumeaua ori cu scările... „Germenii", obişnuia să spună, „sunt cauza multor boli şi mai toţi îţi intră prin tălpi"... cam aşa cum arăta şi reclama aia de la televizor. Şi nu numai că se plimbă prin casă, ci ieşi în grădină şi îşi frecă picioruşele gingaşe de iarbă, lăsându-se cuprinsă de mângâierile ciudate care îi gâdilau tot corpul... de parcă o pereche de mâini nevăzute i-ar fi masat delicat pielea.

Înainte ca soarele să apună, euforia o părăsi şi, cu degetele aproape îngheţate, s-a întors val-vârtej în casă... vraja se rup-sese. Gustul ciocolatei îi persista acum doar în memorie. Deocamdată, cotidianul puse stăpânire din nou pe viaţa ei. Nora trebuia să revină la *ritmul* ei de femeie casnică... În noaptea aceea nu a reuşit să adoarmă, căci rememoră plăcutele momente de extaz pe care le trăise de curând. Nu-şi putea explică *motivul* pentru care fusese împinsă să acţioneze atât de bizar. Soţul şi copiii nici măcar nu au băgat de seamă noua expresie care îi strălucea în ochii cafenii.

În dimineaţa următoare, pe când se îmbăia, a simţit o dorinţă incontrolabilă de a savura o ciocolată. Găsi cutia exact aşa cum a lăsat-o. A luat o bomboană şi o desfăcu tacticos din staniol... a împăturit ambalajul, apoi l-a pus în buzunar. A savurat-o cu desfătare, iar gândurile îi rătăceau prin ţări străine... în timp ce gura i se împlinea în aromatul nectar.

În după-amiaza aceea, după ce *şi-a* îndeplinit *obligaţiile*, s-a baricadat în birou. Apoi, chiar înainte de căderea serii, a părăsit camera pregătindu-se pentru reluarea *îndatoririlor* casnice.

În ziua următoare, s-a dus la cumpărături în mall-ul cel mai apropiat şi, după ce a făcut câteva plăţi la bancă şi şi-a verificat căsuţa poştală, a găsit un răgaz pentru a savura o cafea, la o masă. Abia atunci a înţeles că, de jur împrejur, păşeau *femei, exact ca ea.* Un mic fior îi cutremură trupul reamintindu-şi nişte momente plăcute. „Asta-i de fapt viaţa!" şopti, privind la clienţii mall-ului.

Spre amiază, pe când se afla în casă, în faţa televizorului, o cuprinse aceeaşi poftă de ciocolată... „Încep să devin dependentă", gândi şi desfăcu ambalajul, pentru ca, mai apoi, repetând mereu acelaşi ritual, să-l împăturească şi să-l păstreze în buzunarul şorţului.

În noaptea aceea aşteptă înfrigurată întoarcerea soţului... Jinduia să facă dragoste, trupul i-o cerea, iar pentru ea a fost o noapte deosebită. Lui i s-a părut că nevastă-sa avea capul îmbuibat de telenovelele la modă. „Cât de ciudat..." gândi în ziua următoare, oarecum copleşit. El era un bărbat extrem de ocupat, nu-i stătea capul la fantezii. Viaţa de zi cu zi impunea să fie raţional, visarea le revenea şomerilor, scriitorilor, compozitorilor, pictorilor sau nebunilor...

Finalul de săptămână sosi cu aceeaşi rutină: mic dejun în familie, curăţenie generală, plimbare prin mall cu copiii, siesta, vizita în familie, la fel ca multe... prea multe alte sfârşituri de săptămână.

Săptămânile au trecut. Femeia a savurat rând pe rând toate bomboanele, iar ambalajele le-a împăturit şi le-a păstrat în buzunarul de la şorţ.

Până în ultima zi de vineri a lui iulie... Pe când soţul se afla într-o călătorie, Nora profită de ocazie, îşi împachetă nişte haine într-o valijoară... şi părăsi casa.

La prânz, când copiii au ajuns acasă, şi-au strigat mama, după cum le stătea în obicei, însă mare le-a fost mirarea că nu au primit niciun răspuns.

După câteva ore, şi-au anunţat şi tatăl, iar acesta le-a cerut să fie răbdători şi calmi: „Pesemne s-a dus să viziteze pe cineva", a adăugat el, fără să acorde prea mare însemnătate absenţei femeii.

Totuşi, la sfârşit de săptămână, se instală o forfotă generală. Nora nu-şi mai abandonase niciodată casa ori familia. Trecuseră deja două zile fără niciun semn...

Duminică, unul dintre copii găsi în şorţul mamei câteva ambalaje de ciocolată, de culoare roşie, frumos împăturite. Celălalt copil găsi în cămara din bucătărie o cutie de bomboane, goală, marca *Angelus*.

Apoi s-au strâns laolaltă şi au citit împreună mesajele din interiorul ambalajelor:

„Oferă-ţi masajul vieţii tale!"; „Scrie cea mai frumoasă scrisoare de dragoste!"; „Fă din ziua asta o zi specială!"; „Rememorează cel mai frumos moment din viaţa ta şi retrăieşte-l!"; „Zâmbeşte întotdeauna înainte de culcare!"; „Fredonează melodia preferată în lift!"; „Caută armonia!"; „Caută înflăcărarea!"; „Fii liberă!"; „Iubeşte fără limite!"... şi tot aşa, o întreagă colecţie de *mesaje dulci*.

Într-unul dintre sertarele noptierei Norei au găsi o scrisoare nesemnată şi care nu avea dată...

SFÂRŞIT

PATRU

PORTRETUL PERFECT

Când perechea intră în galeria de artă, ceasul arăta ora 5 după-amiază. Afișele anunțau expoziția unor pictori dintr-o țară vecină. O noutate pentru ei și, în general, pentru mișcarea artistică locală, căci arta plastică a vecinilor le era pe de-a-n-tregul necunoscută, temele lor, tehnicile ori percepțiile asupra vieții.

Era un cuplu cult și inițiat, aflat într-o căutare pătimașă de noi forme de exprimare.

Nu existau decât două săli dispuse în formă de L. „Suntem singuri", au gândit ei, în timp ce ochii li se întâlniră. Apoi au început să viziteze expoziția, fiecare urmându-și ritmul lăun-tric.

Ea, o femeie sensibilă și inteligentă. El, un visător și un vânător de emoții. Ea, terestră. El, aerian. Se întregeau de mi-nune. Perechea ideală...

„Unde-o fi?" se întrebă ea, dornică să comenteze împreună cu el una dintre picturi. *Dispăruse*. „S-o fi dus la baie", gândi, fără să dea prea mare importanță faptului și își continuă analiza de expert în pictură.

După numai câteva minute a auzit voci care răzbeau din sala alăturată. S-a îndreptat într-acolo fără grabă, aruncând pe furiş câte o privire picturilor. Un cuplu în etate discuta aprins cu Augustin al ei. Erau din cale-afară de volubili. El, mai ales, vorbea întruna, iar Augustin nu-i scăpa din priviri.

„Sofia!", o strigă el, zărind-o cum se îndrepta spre ei, din sala alăturată. „Vino, te rog. Ţi-i prezint pe Leo şi pe soţia lui", spuse cu entuziasm. „Este un pictor renumit", sublinie apoi, cu o oarecare mândrie. „O, sunt încântată!" exclamă Sofia, privindu-i pe cei doi în parte, apoi îi surâse lui Augustin în semn de complicitate. „Şi cum vi se pare opera vecinilor noştri?" întrebă *pictorul renumit* în loc de salut. „Îmi place", a replicat Sofia. „Eu am senzaţia că ceva le lipseşte chipurilor". „Ce anume?" întrebă Sofia privindu-l pe Augustin, dar imediat s-a căit de nechibzuinţa ei de neiertat. Augustin zâmbi fără să scoată un cuvânt, privind când la Leo, când la Sofia. „Expresivitatea!" le trânti Leo în faţă cu putere, „asta lipseşte". Apoi, examinându-şi tinerii interlocutori cu un anume aer de superioritate, a prins-o pe nevastă-sa de braţ şi a revenit la „inspecţia" picturilor. În tot acest timp nimeni nu a mai intrat în galerie.

Pe când Sofia, cu o privire critică, admira absorbită una dintre picturi, a simţit cum mâna lui Leo îi poposeşte pe umăr, apoi îi auzi vocea răguşită: „Aşa-i că am dreptate?" spuse bărbatul şi arătă către pictură, cu un surâs plin de sine. „Da, cred că da", a replicat ea, fără prea multă tragere de inimă, îndepărtându-se. Îl căută cu privirea pe Augustin; dispăruse din nou. Îl zări în celălalt salon, tocmai în capăt, conversând cu soţia lui Leo.

Aceasta îi vorbea la ureche, părând că-i împărtăşeşte ceva foarte intim. Chipul lui Augustin se însenina mereu când femeia îi şoptea câteva cuvinte. „Augustin!" exclamă Sofia şi îi arătă ceasul. Augustin a ridicat mâna în semn de a-l mai păsui

niţel şi îi făcu şmechereşte cu ochiul. Ea, răbdătoare ca întot-
deauna, a aşteptat decizia lui pentru a părăsi galeria.

Sosi clipa despărţirii, iar Leo a vrut să oprească o maşină. A
lor era stricată. De fapt locuiau destul de aproape de galerie, şi
acum se ivise ocazia ideală pentru a împărtăşi unele impresii
şi a schimba câteva cuvinte cu noii prieteni. Ocazie ce nu tre-
buia pierdută, căci, într-un timp atât de scurt, reuşiseră să fie pe
aceeaşi lungime de undă. Şi unde mai pui că aveau să cunoască
atelierul unui pictor renumit, „Aşa ceva nu întâlneşti la orice
colţ de stradă, nu-i aşa?" completă Augustin şi aşteptă încuviin-
ţarea Sofiei. „De acord", răspunse, căci şi ea simţea o ciudată
empatie cu Leo. „E sinergic" gândi, amintindu-şi cum adre-
nalina începuse să-i curgă prin vene când Leo a cuprins-o ami-
cal, de braţ.

După un scurt înconjur, au auzit vocea lui Leo ghidându-l
pe şofer pe nişte străzi înguste şi solitare, până când au ajuns în
cartierul Paramo, ale cărui bulevarde erau presărate de *arupos*[1]
şi chiparoşi. Era o zonă cu case uriaşe, străjuite de ziduri înalte,
ideală pentru creaţia artistică sau meditaţie spirituală.

Au parcurs o cărăruie pietruită, aproape ascunsă de pletele
unei salcii plângătoare, apoi au trecut direct în *atelierul* artistu-
lui, un salon spaţios, dreptunghiular, plin de picturi în ulei ce
acopereau pereţii, de jur-împrejurul unei ferestre uriaşe. Alte
tablouri, încă neterminate, aşteptau răbdătoare pe şevalete ca
inspiraţia pictorului să le ducă la bun sfârşit.

Exclamaţii de încântare ieşeau de pe buzele lui Augustin, de
fiecare dată când contempla câte o pictură. Sofia, ceva mai cir-
cumspectă, nu a scos niciun cuvânt. Satisfacţia vădită a lui

---

[1] Copac ornamental din Ecuador, cu flori albe sau roz. (N. tr.)

Augustin era mai mult decât suficientă pentru a gâdila *ego*-ul oricărui artist.

Cei doi au rămas singuri un moment, căci stăpâna casei s-a dus să pregătească un ceai, iar Leo să caute muzică. Moment de care Sofia a profitat imediat: „Ce ți-a spus doamna, în galerie, de te-a tulburat așa tare?". „Îmi vorbea despre însușirea cea mai captivantă a unei picturi", replică el sumar. „Care?" îl întrebă iarăși Sofia. „Oglindirea emoțiilor omenești", spuse enigmatic soțul ei. „Da, dar nu-i asta menirea oricărui mare artist?" își arătă ea nedumerirea. „Da, dar el o să ne prezinte o tehnică nouă care..." apucă să spună și tăcu la auzul vocii lui Leo, „Vă simțiți bine?" „Da, mulțumim. Tocmai vorbeam despre cât de expresive sunt picturile", replică Augustin. „Și despre unele încă neterminate", adăugă Sofia, privindu-l țintă pe pictor. „Ah, curând, foarte curând", răspunse și privirea-i scăpără către un tablou... „Încerc să deprind un stil care să «depășească aparenta normalitate a realității cotidiene»", zise gânditor. „Dar mai bine să nu filozofăm, haideți să bem un ceai delicios, pe care îl văd deja venind", spuse inspirând aroma băuturii pe care stăpâna casei o aducea pășind fără grabă.

Au băut câteva cești de ceai, și-au împărtășit secrete și intimități ca între vechi prieteni sau rude. Augustin își povesti viața cu multă înflăcărare, de parcă s-ar fi aflat la ultima sa spovedanie, primind dovezi de căldură din partea lui Leo care, într-un moment de efuziune, îi ceru lui Augustin să-l însoțească în căutarea unui vin pe care-l păstrase pentru momente deosebite, ca acesta. Au lipsit mai mult decât ar fi fost normal. Sofia a rămas tăcută, iar stăpâna casei căsca întruna și o cerceta cu ochi blajini și compătimitori.

Înainte ca primele raze de soare să vestească o nouă zi, cei doi invitaţi au părăsit casa, şi-au îmbrăţişat amfitrionii în repetate rânduri şi şi-au adresat cuvinte călduroase. „Sunteţi oricând bineveniţi" zise Leo înainte să închidă uşa...

Într-una din seri, la două săptămâni după întâlnire, Augustin nu s-a întors să doarmă acasă. Telefonul mobil era în afara reţelei de acoperire. „Ciudat, foarte ciudat", începu să se îngrijoreze Sofia, fără tragere de inimă să-şi înştiinţeze mama ori, mai rău, să anunţe poliţia, se gândi dacă nu ar fi cazul. A fost o noapte nesfârşită şi tristă. Dimineaţa, încă buimacă de somn, a telefonat unor rude şi prieteni şi a întrebat de Augustin, dar nimeni nu i-a motivat *absenţa*. Teama şi deznădejdea au pus stăpânire pe ea. În ziua următoare a anunţat la poliţie dispariţia soţului. În cea de-a treia zi, a lipit afişe şi anunţuri. La radio şi la televizor se vorbea despre ciudata dispariţie. Ai fi zis că îl înghiţise pământul pe de-a-ntregul. *Dispărut* fără urmă...

Zilele se scurgeau tărăgănat şi pline de nelinişte, fără sorţi de izbândă...

Sofia, femeie cu tărie de caracter şi înzestrată cu o personalitate puternică, nu şi-a pierdut speranţa nici în faţa indolenţei poliţiei, nici în faţa tragicelor statistici ale detectivilor particulari, angajaţi ca să îl găsească pe Augustin.

După şase săptămâni, ideea care încolţise de la început în mintea femeii deveni tot mai clară: *dispărut* în circumstanţe necunoscute. De acum începea să accepte unica realitate. Numărul persoanelor dispărute era covârşitor. Realitatea întrecea ficţiunea şi, totuşi, nu exista o altă cale deşi, în străfundul inimii, nu voia să accepte, căci, noapte de noapte, căuta în solitudinea odăii sale un indiciu care s-o conducă la Augustin al ei.

În aceeaşi zi şi lună, la doi ani de la dispariţia soţului ei, într-o după-amiază ploioasă de toamnă, Sofia hoinărea, singură, printr-un cartier boem. Unul pe care obişnuia să-l viziteze în compania lui Augustin, scotocind după emoţii estetice şi conversaţii spumoase cu artişti şi filozofi. Mai mult din obişnuinţă, intră într-o galerie de artă, aceeaşi pe care o vizitase ultima dată, împreună cu el; acolo era expusă o „Retrospectivă" a unui pictor cunoscut, după cum anunţa afişul de pe uşă, care înfăţişa portretul unui bărbat neîngrijit, sprijinit în tocul unei uşi cu un mic geamlâc cu zăbrele, care aducea întrucâtva cu poarta unei temniţe medievale.

Obişnuită să viziteze muzee şi galerii, Sofia examină cu un ochi critic fiecare tablou în parte, de parcă ar fi căutat un indiciu anume... În jurul ei se mai aflau câţiva vizitatori. Era 5 după-amiaza; mai avea timp până la 6, când trebuia să-şi viziteze mama. Cercetă tablourile unul după altul... până ce, înainte să plece, într-o cotitură a galeriei, i-a atras atenţia un tablou slab luminat (la cererea artistului, după cum avea să afle) care înfăţişa un bărbat nebărbierit şi neîngrijit, aşezat pe podea, rezemat de o poartă din lemn care părea să aparţină unei celule, cu zăbrele în partea superioară, şi ale cărui picioare desculţe ieşeau în prim plan. Pe dată, inima începu să-i bată cu putere. Nu-şi putea crede ochilor... Pupilele i se dilatară uşor-uşor în timp ce examina în amănunt chipul bărbatului. Apoi privirea i se întunecă de parcă ar fi văzut o nălucă. Un strigăt de durere îi scăpă din gâtlej şi, ca şi cum ar fi fost trăsnită de-un fulger, căzu cât era de lungă, la podea. Vizitatorii, speriaţi, chemară paznicul. În cămăruţa supraveghetorului galeriei, culcată pe un pat ca vai de el, Sofia primea primul ajutor: „E el!" spuse cu vocea stinsă, abia venindu-şi în fire. „Stai fără grijă, a trecut", zise un bărbat care aducea a medic, „E Augustin!" spuse cu o voce mai pronunțată. „E chiar Augustin al meu!"

Poliția a percheziționat, în aceeași noapte, locuința renumitului pictor Leo. Casa, așa goală și prăfuită cum era, părea abandonată. Într-una din odăi au găsit câteva șevalete răvășite și niște pânze murdare, îngrămădite într-un ungher. În spatele ferestrelor uriașe ale salonului dreptunghiular se afla o grădină neîngrijită, conturată de câțiva chiparoși falnici. În subsolul casei, într-un soi de pivniță, zăcând lângă o ușă, Sofia a descoperit cu tristețe și emoție un bărbat bărbos și zdrențăros, culcat pe un țol vechi, care o privea absent: era Augustin.

Pictorul murise cu câteva luni în urmă, iar nevastă-sa angajase o slujnică bătrână să-l hrănească pe *prizonier*. Acesta pozase pentru opera postumă: *Portretul perfect*.

SFÂRȘIT

CINCI

_____

PROMISIUNEA

*C*rescuse și studiase medicina în Oradea, în mijlocul unei comunități pestrițe de români, nemți, maghiari și evrei. Elias era de origine ebraică. Demult, părinții săi sfârșiseră pe mâna naziștilor care invadaseră teritoriul român în căutarea unor brațe de muncă ieftine, și a evreilor – pentru a-i stârpi. Mătușa sa, Esther, reușise să se refugieze în munți, împreună cu el, evitând astfel ca nepotul ei să fie luat prizonier și deportat în Germania, unde ar fi fost posibil să sfârșească într-un lagăr de concentrare, ca și ai lui.

Doctor și deținător al unei mici averi agonisite cu greu, trăia singur. De soția sa, unguroaică, și de fiica lui, se despărțise cu șapte ani în urmă. La modul serios, nu era legat de nicio femeie. În ochii tuturor, Elias era un bărbat atrăgător și inteligent. Poate ceva prea „instruit", ceea ce-l făcea, de multe ori, să pară arogant și îngâmfat.

Acum, la 55 de ani, își amintea de copilăria plină de vicisitudini și, mai cu seamă, de o imagine anume: fuga, împreună cu mătușa sa care avea să-l scape cu viață. În acele circumstanțe vitrege, unde totul nu era decât teamă, durere și sărăcie, simțise afecțiune, afecțiunea unei copile mai mici decât el cu un an, pe nume Raquel. Era sentimentul acela, călduț și îmbietor, care-i rămăsese stăruitor în memorie şi care moţăia în cel mai ascuns ungher al inimii.

Raquel, numele care acum îi învăluia mintea cu plăcute amintiri:

> *Copilă cu ochi negri de noapte,*
> *Şi piele albă de bumbac,*
> *Copilă cu buze mici şi dulci ca mierea,*
> *Cu dinţi albi ca de fildeş*
> *Copilă cu părul de aur şi*
> *Plete lungi curgând în valuri*
> *Copilă cu mâini moi şi*
> *Privire caldă şi dulce...*

...toate acestea îi copleşiseră judecata şi inima lui Elias.

Cuprins parcă de o vrajă, buzele sale recitau versurile care înmugureau în subconştient şi i-o readuceau pe Raquel.

Raquel, acum femeie în toată firea, arheolog de profesie, coordona un important proiect care presupunea căutarea unor documente istorice în Ierihon, aflat în apropiere de Ierusalimul ei, oraş devastat şi reconstruit de nenumărate ori de la întemeiere.

Nu apucase încă să-şi pună pirostriile, căci era angajată într-aşa măsură în propria profesie încât ajunsese să îşi neglijeze viaţa sentimentală. Studiase în Ierusalim, iar talentul de a descifra papirusuri şi gravuri a ieşit la iveală de timpuriu, vocaţia ei atrăgând atenţia profesorilor. Atunci a început să-şi petreacă timpul căutând comori scrise de înaintaşi, precum acele mesaje pe care strămoşii le lăsaseră moştenire în peşteri şi pe ziduri.

Fără un motiv anume, de ceva timp încoace, în puţinele momente de odihnă, memoria o conducea, cu răbdare şi

istovire, către copilărie. Mai cu seamă către momentele petre-
cute acolo, în Transilvania, la poalele falnicilor Carpaţi, unde
trăise câteva luni bune, la vârsta de şapte ani, în casa modestă a
unor ţărani care le oferiseră un acoperiş deasupra capului şi îi
ocrotiseră pe timpul invaziei naziste. Tot acolo îl cunoscuse pe
Elias, un băieţaş ceva mai mare decât ea; se jucaseră, se ciondă-
niseră şi schimbaseră surâsuri dulci şi cuvinte calde; ceilalţi,
adulţii nu aveau timp de dulcegării şi măguleli, erau prea ocu-
paţi cu supravieţuirea în cumplita epocă de dezolare şi război
care cuprinsese întreaga Europă.

Totuşi durerea şi furia nu le-a curmat ritualul din fiecare zi
de vineri; de cum cădea noaptea, aprindeau lumânările, poves-
teau verzi şi uscate, cântau şi chiar dansau... şi mâncau bine,
căci viaţa trebuia să-şi urmeze cursul... în ciuda mâhnirii.

Raquel îşi aminti de ochii lui verzi, pătrunzători, de părul
negru, de buzele pronunţate şi mâinile de pianist. De iscusinţa
lui în a născoci poveşti, în a oferi răspunsuri şi de a-i întreba pe
vârstnici despre ale vieţii, aceştia schiţând mai mereu câte un
zâmbet de satisfacţie şi chiar de recunoştinţă. Dar, mai ales, îşi
amintea de privirea lui nostalgică. Căutătura unui visător... ca-
re-i făcea inima mică să tremure de înfiorare. Ah! ce privire
senină şi cât de blând era glasul lui Elias când evoca pământul
străbunilor... Israel.

Familia lui Raquel reuşise să fugă din munţi şi să ajungă în
Ţara Sfântă. Cu o noapte înainte de a da bir cu fugiţii, copiii
şi-au făgăduit credinţă pe vecie... aceeaşi credinţă pe care şi-o
jură iubiţii în tristele momente ale despărţirii.

În zorii unei dogoritoare zile de 21 iulie a anului 1991, în-
tr-o ţară cu graniţele larg deschise, ascultându-şi chemarea ini-
mii (aceea care nu are nimic de-a face cu raţiunea), Elias se

îmbarcă în Constanța și porni către Büyükada, insula unde evreii din Istanbul și Israel obișnuiau să-și petreacă vara: un loc liniștit și fără zgomot de motoare.

Tot timpul cât a zăbovit pe insulă, a colindat zilnic renumita „falezǎ", un chei cu o superbă vedere la mare, de parcă ar fi așteptat o întâlnire, o întâlnire pe care rațiunea nu o putea explica.

Universitatea unde Raquel preda arheologia organizase o călătorie de cercetare în Büyükada și, bineînțeles, fuseseră cu toții convocați, inclusiv ea, care, la început, se împotrivise... totuși una din presimțirile acelea care se nasc în cel mai ascuns ungher al subconștientului, că ceva avea să se petreacă sau avea să găsească pe acea insulă, o făcu să se răzgândească.

Cu două zile înainte de a se întoarce în Oradea, în timp ce îndeplinea rutina de fiecare zi, Elias, așezat pe una din băncile de beton, scrutând cu privirea marea nesfârșită, simți prezența unei persoane... inima începu să-i bată cu putere când o văzu pe femeia care luase loc lângă el.

„Tu ești?" întrebă Elias, în timp ce o privea cu ochi scânteietori și bănuitori. „Oare-i cu putință? Tu ești, Raquel?" „Elias?" întrebă și ea, cu un zâmbet radios pe chip. Se priviră îndelung, de parcă ar fi vrut să reînvie trecutul. Apoi se plimbară de-a lungul cheiului și își împărtășiră vechile amintiri. La un moment dat, deși mâinile abia li se atinseseră, simțiră amândoi, la unison, chemarea iubirii, chemarea ascunsă a îndrăgostiților...

Ore întregi, cât s-au plimbat pe faleză și au retrăit vremurile de odinioară, dificile și frumoase în același timp, cugetele și inimile li s-au unit ușor-ușor... iar în acea noapte trupurile li s-au contopit într-o îmbrățișare eternă.

Urmându-și destinul, după numai câteva luni, s-au reîntâl-
nit în Ierusalim și și-au îndeplinit promisiunea... *promisiunea* în-
drăgostiților.

SFÂRȘIT

ŞASE

ÎN AŞTEPTARE

*Î*ntotdeauna aşteptase apelul care avea să-i schimbe viaţa. Îi era lehamite de traiul pe care-l ducea... cu toate că privilegiile de care se bucura puteau fi, fără îndoială, visul multora, poate chiar a mii de suflete; totuşi viaţa îi era mohorâtă... *încetase să mai zâmbească* şi se lăsase cuprins de o melancolie de neoprit.

Fără să ştie prea bine de ce, i se năzărise că un telefon urma să-i schimbe viaţa... îşi amintea doar că într-o dimineaţă s-a trezit cu ideea asta, apoi a dedus că *întotdeauna aşteptase acel telefon*. Îşi imagina că, odată cu el, viaţa sa va lua o întorsătură de 180 de grade. În ce sens? Nu bănuia şi nici nu-l preocupa.

Fireşte că tehnologia îţi dă o mână de ajutor, una demnă de luat în seamă, căci acum nu mai trebuia să aştepte apelul în fotoliul din sufragerie, acum avea un telefon mobil cu numărul casei, numărul în jurul căruia obsesia lui luase naştere: 3-171-950, cifre care corespundeau datei sale de naştere, şi nu voia, în ruptul capului, să creadă că ar fi fost o pură coincidenţă. Ceva, cândva, trebuia să se întâmple. Mesajul ăsta rămăsese ascuns vreme de atâţia ani, unsprezece mai exact, de când se mutase la el acasă, unde trăia singur, căci nu-şi dorea o femeie care să-i tulbure pacea şi, mai cu seamă, libertatea. O femeie? Ei bine, eventual numai ca să îi astâmpere necesitățile trupului, căci năzuințele sufletului încă nu-și găsiseră rezonanța.

Pesemne că apelul o fi având de-a face cu această năzuință. Un apel al sufletului de la capătul unei linii telefonice. Ce ironie! Ori poate nu? Viața e plină de subtilități și mesaje, de multe ori de nedescifrat, până în clipa în care timpul oferă o dezlegare, care uneori nu găsește calea până la noi, ori ajunge prea târziu și deja secătuită de intensitatea de odinioară.

Zilele s-au scurs una după alta, urmând aceeași rutină istovitoare... și iată că-i sună și mobilul, un număr pe care nu-l avea în agenda sa, agendă în care erau trecute doar trei persoane: o amică de ocazie și doi prieteni vechi, care-l sunau și așa rareori. Prefera să-i sune el, iar din clipa în care obsesia îi întunecase judecata, nu mai reluase legătura cu nimeni, trăia, practic, izolat. Stăvilindu-și emoția, răspunse: „Alo, bună ziua". „Bună ziua, vă solicităm prezența la cea mai apropiată agenție din drumul dumneavoastră", spuse o voce voluptoasă. O voce care, în auzul lui Homero, a părut a fi a unui *înger*, astfel că, pentru o fracțiune de secundă, se pierdu cu firea. Nu mai era loc de îndoială, apelul ăsta era cel pe care-l așteptase în străfundul inimii.

Când s-a dezmeticit, stăpânit de o nebănuită emoție, s-a îndreptat către prima agenție a serviciului de telefonie. După ce a efectuat formalitățile cerute de angajata de serviciu, îi adresă întrebarea care nu-i dădea pace: „E cu putință să aflu identitatea *vocii* care sună clienții și le solicită să se prezinte la agenție?" „Îmi pare rău, este o informație privată", replică angajata. „În regulă. Vă mulțumesc", spuse Homero și părăsi agenția.

Unica preocupare care-i stăpânea acum judecata era să ia legătura cu *vocea*. La numai o săptămână, se afla dinaintea administratorului companiei telefonice. „Cererea dumneavoastră este neobişnuită", zise bărbatul. „De ce?" întrebă şi schiţă un surâs. „Sunt muzician", completă Homero, privind expresia gen „Ei şi?" de pe figura administratorului. „Vreau să formez un cor", spuse iute şi adoptă figura unui profesor de liceu. „Aşa se explică" răspunse administratorul şi îi scrise numărul pe o hârtie. „Sunaţi la Departamentul Serviciu clienţi. Şeful se va ocupa de dumneavoastră", adăugă şi îi întinse foaia cu numărul de telefon. „Vă mulţumesc" spuse şi părăsi biroul.

Nici nu ieşi bine din clădire, că intră într-o cabină telefonică, formă numărul agenţiei şi ascultă *vocea*: „Bună ziua, cu ce vă pot ajuta?" Nu răspunse, ci ascultă încă o dată *vocea* care repetă formula, apoi închise. „Acum urmează celălalt pas. Trebuie să merg la agenţie... şi să cunosc persoana din spatele *vocii atrăgătoare*." „Nici vorbă!" exclamă. „Încă nu", îşi spuse ca pentru sine, de parcă s-ar fi temut de întâlnire, fără să aibă totuşi un motiv întemeiat.

S-au mai scurs câteva zile până a izbutit să decidă pasul următor. O avalanşă de idei îi răvăşeau judecata şi, tot aşa de repede cum îl năpădeau, îl şi abandonau. Căuta soluţia cea mai indicată, una care să se plieze pe felul său de a fi. „După o aşteptare atât de îndelungată, pot să mai stau ceva timp, atât cât am nevoie", se lămuri pe sine, conştient că era vorba de o obsesie, unica obsesie din viaţa lui. De acum înainte, ori de câte ori umbrele îi invadau viaţa, suna şi asculta *vocea* şi o nouă însufleţire îi încânta inima, până ce, într-o bună zi, năpădindu-l curiozitatea, s-a prezentat la biroul companiei şi a întrebat de persoana din spatele *vocii atrăgătoare*. „Bună ziua, cu ce vă pot ajuta?" spuse secretara. „O caut pe persoana care preia apelurile de la clienți", replică emoționat. „Ghișeul cu numărul 7" arătă aceasta, ridicând din sprânceană. Câțiva pași și obsesia avea să ia sfârșit. La ghișeul 7 nu mai era niciun client. Inspiră adânc, iar inima îi bătea mai să-i sară din piept. Acolo, chiar dinaintea lui, îl întâmpină: „Bună ziua, cu ce vă pot ajuta?" *vocea atrăgătoare*... a unui bărbat.

SFÂRȘIT

ŞAPTE

PACT SUBTIL

*Î*ntr-o zi de 18 septembrie, semnă *Pactul* cu sine însuși...

Avea 20 de ani pe când își însușise deviza: *Cuvântul e sacru.* Într-un gest de profundă credinţă își crestă încheietura mâinii stângi, care, de îndată, începu a sângera, iar cu picăturile scurse a scris *Pactul* pe o coală fină. Apoi arse hârtia a cărei cenușă se împrăștie în boarea de hârtie proaspătă a dimineţii, în timp ce bărbatul își înălţa privirea către cerul necuprins, făgăduind să-l respecte cu strășnicie.

Tatăl său fusese crescător de cocoși de luptă, iar mama femeie de la ţară. A dus o viaţă simplă, ca orice copil din mediul rural ocupat cu munca câmpului, din zori și până în noapte. Pe lângă responsabilităţile de școlar, mai avea și alte sarcini potrivite vârstei lui, pe care le îndeplinea cu sfinţenie, căci părinţii săi îl învăţaseră să asculte legile naturii și pe cele omenești.

Și le-a întipărit în minte și le-a respectat întocmai, fără să șovăie.

Dis-de-dimineaţă o ajuta pe mama lui să mulgă vaca, apoi mergea la școală și învăţa cuvinte și tot felul de alte lucruri. În alte după-amieze mergea împreună cu tatăl său să vadă luptele de cocoși, unde întâlnea bărbaţi severi, cu căutătură șireată și replici hotărâte; acolo, chiar și o simplă privire cântărea cât un rămășag ce trebuia îndeplinit întocmai, fără rezerve ori înşelăciuni. Tot acolo învăţase să respecte cuvintele oamenilor şi să venereze *cuvântul sacru*.

La moartea tatălui său, s-a mutat în capitală, oraş pe care-l ştia din copilărie şi care îl ademenise cu bulevardele şi clădirile impunătoare, cu parcurile şi cinematografele sale, dar, mai cu seamă, cu marile centre comerciale, pline până la refuz de oameni cu priviri rătăcite şi surâsuri întipărite pe chip. „Lume fericită", gândea copilul, pe când cerceta faţa severă a tatălui său, iar acesta nici nu-l lua în seamă. Observase că tatăl său, spre deosebire de ceilalţi, nu zâmbea defel când se afla în oraş, dimpotrivă, mersul în capitală era o simplă chestiune de afaceri... căci viaţa la oraş îi părea mult prea mondenă şi chiar neplăcută.

Leo, înarmat cu o fire aleasă şi un suflet senin, a înţeles repede că traiul la oraş nu corespundea cu *lumea fericită* pe care şi-o închipuise în anii copilăriei şi ai adolescenţei. Totuşi dezamăgirea nu i-a amărât inima, ci îi îmboldea mai degrabă spiritul, amintindu-i de poveţele şi cuvintele mamei sale: „Oamenii sunt buni" îi spusese aceasta cu un zâmbet cald, „ai încredere în ei".

Cu banii suficienţi pe care i-a moştenit de la tatăl său şi a cumpărat un apartament în cartierul „El Forestal", zonă cu multe locaţii de divertisment, unde nopţile erau vesele şi gălăgioase, mai ales la barul din colţ, „La Boca del Dragon", frecventat de tot soiul de oameni care veneau să se destindă ori să-şi astâmpere nevroza pricinuită de viaţa de zi cu zi.

Acolo a cunoscut femei şi bărbaţi care s-au împrietenit imediat cu el, din două motive: pentru bani şi pentru modul său simplu şi înţelept de a explica viaţa şi faţetele ei. „Filozoful bun", l-au botezat prietenii, după ce i-au ascultat reflecţiile lungi şi profunde cu privire la bunătatea oamenilor şi la pasiunea lor pentru viaţă.

Mărinimia sa i-a atras pe linguşitorii care nu mai conteneau în a-l lăuda şi... a-i goli buzunarele.

Cu timpul, a ajuns să cunoască tragediile reale ori închipuite ale oamenilor, care-i pătrundeau cu uşurinţă în inimă, într-atât încât devenea unul şi acelaşi cu ele, le simţea poverile zi de zi şi noapte de noapte, apoi, istovit până la culme, se retrăgea din agitaţia lumească în căutarea unei descărcări emoţionale. Aşa sensibil cum era, credea că e de datoria lui să caute soluţii pentru problemele celorlalţi.

În timpul izolării pe care şi-o impunea singur şi al meditaţiei *avea să găsească rezolvarea.* „Asta-i!" va exclama el cu entuziasm într-una din nopţi, de parcă ar fi descoperit formula fericirii şi a înlăturării tuturor patimilor omeneşti. Totuşi nu se lăsă cuprins de înflăcărare, căci treaba era cât se poate de serioasă, aşadar trebuia să pecetluiască un pact cu el însuşi şi cu sufletul său... *un pact subtil.*

De acum înainte asculta toate *confesiunile* cu o atenţie sporită, într-atât încât Leo şi *persoana care-şi descărca sufletul* în faţa lui se contopeau într-una şi aceeaşi fiinţă, căci intenţia sa era de a înlătura *suferinţa celui îndurerat*, pentru ca în viaţa acestuia să se reverse iarăşi armonia.

A ascultat mărturiile unui bărbat rece şi calculat din fire, care nu obişnuia să pună mare preţ pe pasiune şi pe dragoste şi care, pe nepusă masă, la cei 47 de ani ai săi, a fost străpuns de *săgeata lui Cupidon*, al cărei vârf otrăvit cu iubire se numea Teyra, o femeie căsătorită, care nu îi împărtăşea simţămintele în ciuda faptului că o curta insistent şi a dărniciei îndrăgostitului frustrat.

Viaţa i se schimbase complet, acum trăia numai pentru ea; după atâtea insistenţe reuşi să obţină o întâlnire, „în calitate de amici", după spusele ei. „De acord", a bâiguit el, plin de speranţe, deşi, cu trecerea timpului, lucrurile între ei nu mergeau spre bine; de fapt, ea s-a îndepărtat uşor-uşor. Nu i-a mai răspuns la e-mail-uri ori la mesaje, iar la telefon, cu atât mai puţin...

„Leo, îţi dau tot ce vrei pentru câteva cuvinte de iubire", l-a implorat într-una din acele nopţi, când inima-i scâncea ca a unui tandru îndrăgostit.

„Câţi n-au făcut-o?" şopti Leo, gândindu-se la cei care, după cum spune istoria, şi-au dăruit averile, puterea, până şi viaţa... pentru o noapte înflăcărată.

Bărbatul frivol care devenise mărinimos şi galant... dispăru din bar.

Apoi, Leo, la rândul său, printre zâmbete şi glume, le mărturisi amicilor că urma să meargă într-o călătorie neaşteptată, dar avea să se întoarcă cât mai repede cu putinţă. „Te aşteptăm...", îi răspunseră ei, „vino negreşit".

Întoarcerea sa a fost sărbătorită de toţi, cu urări de bun venit şi noi mărturii...

Marne, oacheşă şi arogantă, refuzase mulţi pretendenţi sinceri, până ce soarta i-a întors spatele. El, curtezan de mâna a doua şi fără profesie, i-a căzut fetei cu tronc, dar nu-i împărtăşea simţămintele, ci o vedea doar ca pe una din nenumăratele sale „prăzi" cu care avea să se desfete şi de care avea să se descotorosească cât de curând... Marne vedea lucrurile în altă lumină, iar nenorocul în dragoste a distrus-o. Inima îi galopa de fiecare dată când îl vedea intrând în bar, dar el nici nu o observa. După ce le „iubea", toate femeile îi păreau una și aceeași, iar chipurile lor dispăreau din memoria lui scurtă, de *gigolo*.

Apoi nimeni nu i-a mai văzut călcând prin bar, nici pe Marne, nici pe gigolo. Totuși nimănui nu i-a păsat cu adevărat de asta. Lucrurile nu stăteau la fel și în privința lui Leo, a cărui absență i-a surprins pe toți.

Ardo, tânăr cu potențial în domeniul sportului, își schimbă cursul vieții odată cu descoperirea virtualei lumi a plăcerilor oferite de droguri... Cu timpul, rudele și prietenii s-au lepădat de el și a fost nevoit să caute noi tovărășii, toate legate de fericirea trecătoare a drogurilor, iar când efectul lor lua sfârșit, retrăia mereu aceeași traumă a căderii în lumea reală și banală; cea plină de greutăți și suferințe, *destinul inexorabil al omului*.

Odată cu trecerea anilor, cotidianul lui Arno fu invadat de monștri nocturni și coșmaruri matinale care îi tulburau necontenit inima. O îmbătrânire prematură i-a distrus trupul tânăr și i-a întunecat judecata, până în clipa în care l-a cunoscut pe Leo, *salvatorul său*.

Ambii încuviințară: Ardo a fost fericit o noapte nesfârșită, iar Leo a vibrat intens...

În zilele și lunile care au urmat, nimeni nu i-a simțit lipsa lui Ardo; până la urmă nu era decât unul din miile de personaje nocturne care populează orașele; totuși nu și pe cea a lui Leo, *filozoful bun*, care, prin cuvintele și dărnicia lui, alina tristețile sufletului și viciile trupului.

Când s-a întors la bar, a fost primit cu valuri de bucurie. „Ia uite-l, a venit!" exclamară câțiva clienți.

În următoarele nopți a ascultat multe istorisiri, unele melancolice, altele tragice. „Suferința umană încă dăinuie", gândi, în timp ce privea chipul abătut al unei tinere femei care îi mărturisea propria „tragedie".

Ca şi în alte ocazii, a dispărut preţ de câteva zile, iar la întoarcere prezenţa sa însufleţi noaptea şi toasturile. Bărbaţi şi femei deopotrivă i s-au destăinuit lui, *confesorului nocturn*, care îi asculta pe fiecare în parte, fără să refuze pe nimeni. „Filtrează... simte!" obişnuia să-şi spună în timp ce îi examina cu privirea pe *cei care i se confesau*.

Era totuşi cu neputinţă să dea curs tuturor chemărilor de ajutor şi consolare pe care le primea noapte de noapte. Deşi dorea să le rezolve tuturor problemele, potenţialul său era mărginit, astfel că, într-un an, reuşi să ajute doar unsprezece bărbaţi şi femei, doi dintre aceştia rămânându-i adânc întipăriţi în inimă, de faptele lor având să îşi amintească limpede, înainte să înfăptuiască... *pactul subtil.*

Şi-a vizitat mama la locul de baştină, iar femeia de la ţară a surâs şi a vărsat lacrimi de duioşie când l-a cuprins în braţe. În următoarea zi, bătrâna nu se mai deşteptă, se stinse din viaţă, de parcă ar fi aşteptat înadins sosirea fiului pentru a putea părăsi lumea aceasta. Timp de câteva zile a colindat proprietatea părinţilor, gândindu-se întruna la spusele tatălui său: „Cuvântul unui crescător de cocoşi cântăreşte cât cuvântul unui cavaler". Buzele fine ale *bunului filozof* schiţau acum un zâmbet, când ochii săi, de un verde albăstrui, contemplau superbul peisaj unde venise pe lume şi unde crescuse.

Pe drumul de întoarcere spre oraş, a suferit un accident de maşină ajungând direct în sala de intervenţii chirurgicale. Cu toate că accidentul fusese grav, doctorii care l-au operat au fost uimiţi de vitalitatea bărbatului; maşina se rostogolise într-o prăpastie abruptă, iar Leo rămase prins în fierăraia contorsionată. Cei care i-au acordat primul ajutor au petrecut mai bine de cinci ore pentru a-l scoate şi a-l duce la spitalul din capitală.

După intervenţie, medicii vorbeau întruna despre cât de stranie fusese privirea tânărului pacient în momentul în care a ieşit din operaţie şi a deschis ochii. „Îngerească", au căzut cu toţii de acord. Nu mă văzuseră niciodată ceva asemănător.

Din cauza gravităţii accidentului mâinile i-au paralizat, dar nu şi picioarele. În mod miraculos, s-a recuperat, iar la numai câteva săptămâni s-a ridicat din pat şi a început să meargă.

Leo i-a relatat în taină Laurei, infirmiera care se îngrijea de întremarea lui, vieţile *celor care i se confesaseră* şi sfârşitul lor deopotrivă neaşteptat şi fericit.

La câteva săptămâni după ce Leo a părăsit spitalul, Laura nu a mai putut ţine secretul şi a cerut să vorbească cu cea mai suspusă autoritate a spitalului. Directorul avea să audă următoarele:

„Un om de afaceri, rece şi calculat, obţinuse dragostea unei femei căsătorite, Teyra, după ce Leo le «aranjase» o întâlnire... plină de pasiune.

Un tânăr dependent de droguri îşi trăise ultima zi din viaţă într-o fericită transă, provocată de un drog fabricat în secret, într-un faimos laborator farmaceutic, sub atenta supraveghere a unui neurolog care a reuşit să menţină un nivel ridicat de beatitudine în creierul lui Arno, astfel încât privirea lui a strălucit de o *vădită plenitudine*.

O femeie pe nume Marne, îndrăgostită lulea de un *gigolo*, îşi dorise la final o veritabilă noapte de dragoste alături de uşuraticul cuceritor. Un tânăr leit cu *gigolo*-ul, aproape o clonă, a fost actorul cu care Marne a trăit *o noapte pasională* pe care niciun amant nu şi-ar putea-o măcar închipui, astfel că ochii ei, înainte trişti, acum sclipeau."

Şi multe alte povestiri pe care Leo i le-a destăinuit infirmierei ce-i trădase încrederea.

Odată anunțată poliția, se găsiră în grădina din spatele casei lui Leo unsprezece vase vidate, care, aşezate împreună, într-un anume fel formau o inimă...

Toate chipurile zâmbeau subtil, iar în ochi le jucau scântei enigmatice... de satisfacție.

La un moment dat, Leo avea să se întrebe: „Meritase oare efortul?" şi nu găsi un răspuns mai nimerit: „Cred că da!" a exclamat el în timp ce scruta nemărginirea cerului care se deschidea sub privirile sale, pe când străbătea alte meleaguri şi asculta alte mărturisiri...

SFÂRŞIT

OPT

DELIRUL IUBIRII

*F*usese o femeie fericită... până ce, într-o după-amiază ploioasă, simți povara rutinei căzându-i pe umeri.

S-a dus la culcare indispusă, iar în noaptea aceea a fost nevoită să înghită un pumn de pastile pentru a putea adormi. Ei bine, treaba asta cu pastilele nu o făcea pentru întâia oară, călătoriile și schimbările de fus orar pe care le presupunea profesia de avocată o obișnuiseră să adoarmă forțat... sub efectul pastilelor.

Totuși de data asta a fost diferit, o umbră îi pusese stăpânire pe suflet.

Incapabilă să înțeleagă de ce i s-a schimbat starea de spirit, deși se bucura de o judecată analitică și o inimă de războinică, în seara următoare, la barul cel mai apropiat de biroul său, îi împărtăși unei colege indispoziția. „Ești îndrăgostită", îi spuse, după ce își încheie relatarea. „Ah!" exclamă Siri, surprinsă de răspunsul primit.

„Îndrăgostită? Cum e cu putință? Și de cine?" se întreba pe când sorbea dintr-un martini. „În afară de soțul meu, asta-i limpede, nu mai cunosc niciun bărbat", gândi neliniștită.

După cel de-al doilea pahar, încercă, apelând la memoria ei de elefant, să-și amintească chipurile tuturor bărbaților pe care-i întâlnise, dar nu dădu de cel de care, după spusele prietenei sale, ar trebui să fie îndrăgostită. „Poate după al treilea martini?", îngăimă ironic, căutând privirea amicei sale, care-i surâse cu viclenie și chiar cu complicitate, căci Siri era căsătorită deja de câțiva ani și ducea, la drept vorbind, o viață pașnică.

După al patrulea pahar, simți că lumea stă să se prăvălească peste ea, se îmbătase de-a binelea și totuși nu reușise să ghicească chipul presupusului *iubit* pe cale să îi schimbe viața.

După acea seară, cuvintele prietenei sale îi răsunau necontenit în minte. Trecură nopți albe și săptămâni de indecizie și indispoziție până ce își sintetiză cazul disperat: „Pesemne este obsesia subconștientului meu".

Suspicioasă în a-și împărtăși frământările interioare cu altcineva, dorind să-și studieze *cazul*, după cum își botezase situația actuală, se îndreptă către cea mai cunoscută librărie din oraș.

„Psihologia după Freud, Adler, Campbell, Jung, Laing..." parcurgea numele autorilor de pe imensul raft din față, nehotărâtă încă pe care să-l aleagă. Unul din vânzători se apropie și o întrebă dacă are nevoie de ajutor. „Nu, mulțumesc", replică ea cu infatuare. „Asta mai lipsea!" Avea să găsească cartea potrivită, era doar o chestiune de timp. „Oare profesia ei nu cerea răbdare și analiză?" gândi și îl privi cu dispreț pe tânărul angajat. După ce răsfoi cuprinsul unor volume și fără a se decide pentru unul anume, părăsi librăria. „Mâine", băigui oarecum iritată.

Totuși nimic nu îi atrase atenția și cum nu îndrăzni să ceară ajutor, căută în oraș o altă librărie. Totul era doar o chestiune de timp. Trecuse deja de ora 18:00 când intrase în Librăria „Viejo Mundo", situată pe o stradă aglomerată din partea de nord a orașului, ceva mai departe de casă. Nici bine nu intră, că întrebă de secțiunea de *psihologie*. Un vânzător manierat o conduse într-acolo. Mai era un bărbat care răsfoia cărțile de pe raft. După câteva minute își alese cartea și părăsi secțiunea. Nu privise nicio clipă în dreapta, spre ea, deși se dăduse cu un parfum elegant și subtil. „Un intelectual", conchise după ce îi examină chipul ușor deformat, așa cum arăta răsfrânt în oglinda librăriei. După o oră de căutări infructuoase îi pieri cheful și, descurajată, merse acasă.

Trecuseră deja săptămâni bune, iar starea sa de spirit nu dădea semne de îmbunătățire. Într-o după-amiază ploioasă de noiembrie, a mers împreună cu câteva colege, la barul de vizavi pentru a mai împărtăși una, alta la un pahar de martini. „Mai ești îndrăgostită?" întrebă confidentei și îi făcu șmecherește cu ochiul. Siri zâmbi și-o întrebă: „Se observă?" „Mai mult ca niciodată", replică cealaltă și își ciocni paharul cu al prietenei sale, exclamând: „Trăiască iubirea!"

Înainte de a ieși din bar aruncă o privire clienților și, în mod neașteptat, întâlni ochii unui bărbat, care o cercetau stăruitor. „Îl știu de undeva?" se întrebă fără să îl recunoască. Nu dădu prea mare atenție întâmplării și se despărți de colege uitându-se încă o dată în direcția bărbatului cu privirea pătrunzătoare, care, între timp, dispăruse.

În noaptea aia, înainte să adoarmă, se gândi la bărbatul din bar. Ochii lui verzi încă o scrutau. Apoi, cu zâmbetul întipărit pe chip, a adormit buștean, cum de mult nu se mai întâmplase.

De cum s-a trezit, a intrat direct la duș. Pe când se îmbăia, spuse ca pentru sine: „Cel mai bun", în timp ce șuvoiul puternic îi șfichiuia trupul. La sfârșitul zilei, desigur, merse la bar. Nici nu intră bine, că îl și căută din ochi pe bărbatul cu ochi verzi. Nu îl găsi. „Ei bine, abia e ora 6", își zise. „Ieri, când l-am văzut, era aproape 8", gândi și se așeză la bar.

După câteva minute, absorbită de propriile ei gânduri, auzi o voce șoptindu-i la urechea dreaptă: „Bună!" Oarecum speriată se întoarse și dădu nas în nas cu bărbatul cu ochii verzi. „Bună", replică întrucâtva agitată. „Eu te cunosc", spuse bărbatul și se așeză lângă ea. „Serios?" întrebă ea curioasă. „Da, din librărie, secția de psihologie", răspunse acesta în timp ce studia buzele roșii și cărnoase ale lui Siri. „Ah! Acum îmi amintesc", zise femeia. „Mă numesc Deian", continuă el. „Siri, încântată", replică ea și îi întinse mâna. „Ești psiholoagă?" întrebă bărbatul. „Nu, avocată", zise și îi zâmbi larg. „Ah!" exclamă el. „De ce te miră?" întrebă ea tăios. „Am crezut doar că ești psiholoagă. Presupun că te interesează psihologia clinică". „Întocmai", spuse ea. „Și tu, cu ce te ocupi?" întrebă mai sigură pe sine încercând să descifreze privirea enigmatică a lui Deian. „Scriu poezie", replică el și își apropie buzele de urechea ei, de parcă s-ar fi temut să fie auzit, atingându-i ușor lobul urechii și provocându-i un fior ce îi accelera pulsul. „Așadar, poet!" exclamă. „Cu toții suntem, depinde de starea sufletească". „Și în momentul ăsta?" întrebă Siri. „Recită ceva", ceru stăruitor, atingându-i ușor mâna:

Vreau să-ți dezmierd chipul cu privirea
Să-ți însemn pe buze dorințele-mi arzătoare
Cu buzele-mi să-ți cutreier trupul unduitor
Și să-ți străpung profunzimile sufletului.

„E pentru tine", zise el, mângâindu-i obrazul cu buzele și inima cu versurile.

După ce, vreme de un ceas, schimbară vorbe, atingeri și priviri, Siri merse acasă, nu înainte de a fixa o întâlnire. „Mâine, la aceeași oră", spuse pe un ton mieros, înainte de a părăsi barul.

Ajunsă acasă, în acea noapte *delirul iubirii* îi învălui inima. „Sunt îndrăgostită", șopti emoționată, iar și iar, înainte de a cădea pradă unui somn profund, văzând aievea chipul lui Deian, dragul ei Deian.

El merse pe jos, preț de câteva minute, până ajunse în fața unui cinematograf: „Un tramvai numit dorință", anunța panoul luminos. Cumpără un bilet și intră. În noaptea aceea o visă pe Siri, toată noaptea, iar buzele lui schițau un zâmbet fin.

În următoarea zi, când își revăzu colega, Siri îi spuse: „Aveai dreptate". „Nu dau niciodată greș", replică aceasta cu șiretenie și îi făcu șmecherește cu ochiul.

Nerăbdătoare și emoționată, numără fiecare minut al zilei. Până ce se făcu 17:55 și ieși valvârtej pe ușă, îndreptându-se către bar. Din ce în ce mai emoționată, repeta întruna: „Vreau să-ți dezmierd chipul cu privirea, să-ți însemn..." O știa deja pe dinafară. Era creația lui, pentru ea. Primul său dar. Un dar din iubire... Intră în bar și-l căută cu privirea. Era acolo, în același loc unde-l lăsase ieri. La fel ca și atunci, enigmatic și tăcut. Scria ceva pe-un șervețel. Versuri pentru ea... „Pentru cine altcineva?" gândi cu o oarecare trufie. „Bună, dragul meu Deian", îi șopti la ureche. „Bună, dragă Siri" îi răspunse pe când se întorcea către ea și își pecetluiră buzele într-un sărut scurt. Un sărut din dragoste... venit din subconștient.

„Așteptasem momentul ăsta", zise el și îi atinse ușor mâna. „Și eu, dragă Deian", șopti femeia cu glas de catifea.

„Am așteptat atât de mult!" spuse el, căutându-și cuvintele potrivite care să-i oglindească dorințele. „Când te-am văzut în librărie nu am îndrăznit să-ţi vorbesc. Mă temeam să nu îţi par prea îndrăzneţ. Păreai atât de serioasă, atât de prinsă în căutările tale", şi spunând asta, ochii îi scânteiară.

Chemaţi de forţa subconştientului şi jinduind după exaltare îşi împreunară mâinile şi merseră în căutarea unui loc intim, un loc în care *delirul iubirii* să le contopească trupurile în ritmul pasiunii crescânde.

Iar şi iar împreună, înlănţuiţi de focul pasiunii care sporea cu fiecare întâlnire. Iubire interzisă ce îi înlănţuia şi îi înflăcăra tot mai mult... fără să se mai sature.

Odată cu această dragoste, lumea lui Siri se deschise. Umbrele rutinei se îndepărtară şi făcură loc unui peisaj multicolor. Bucuriile iubirii o înzdrăveniră.

Iar el compuse aşa cum nu mai făcuse vreodată. Teancuri de foi îi acopereau masa de lucru. Poeme marcate de focul pasiunii.

Lunile se scurgeau, dar vâlvătaia pasiunii nu păli în faţa trecerii timpului şi a rutinei. Totuşi dinamica vieţii se schimbă...

Siri a fost aleasă să reprezinte firma de avocaţi într-un proces internaţional şi a trebuit să părăsească oraşul pentru câteva luni.

Poetul fu îndurerat de absenţa ei, dar inima lui înflăcărată transformă despărţirea într-un act creativ.

Flacăra vie... aştepta cu răbdare întâlnirea îndrăgostiţilor.

Întoarcerea lui Siri s-a transformat într-o apoteoză a pasiunii... nopţi înflăcărate, trupuri înlănţuite, dorinţa de a se împlini reciproc.

Cuvinte de iubire înfrumuseţară dăruirea amanţilor cât timp s-au iubit. Totuşi în ciuda focului aprins din subconştient, se vedeau din ce în ce mai rar, fără însă ca întâlnirile lor amoroase să pălească în intensitate, deși, poate, nu mai erau chiar așa pasionale ca la începutul idilei.

Trebuia evitată inexorabilitatea rutinei, dușmanul de moarte al pasiunii și drumul către separarea amanților. Cu toate acestea știau că va veni ziua când unul din ei își va lua rămas bun. Tocmai de aceea stabiliră să nu se despartă niciodată, să se vadă mereu, chiar și o singură dată în an, în luna când înflorise idila dintre ei... până la moarte... *un pact de iubire*.

SFÂRȘIT

NOUĂ

DRAGOSTE VIRTUALĂ

*E*ra un bărbat trecut de treizeci şi cinci de ani. Putea fi considerat tânăr, căci farmecul şi statura contribuiau mult la înfăţişarea lui. Purta o îmbrăcăminte sobră şi elegantă. Mă rog, aproape mereu se îmbrăca în negru. Când cineva îl întreba dacă purta doliu, răspundea cu un zâmbet ironic că nu, era pur şi simplu un atavism. Şi că, încă de când era mic, i se năzărise să se îmbrace în negru. Simplu, impecabil şi analitic, aşa era el. Tomás, nume de filozof şi de sfânt.

În după-amiaza aceea, în timp ce traversa parcul în direcţia locului său de muncă, a zărit o femeie foarte atrăgătoare care venea spre el, pe aceeaşi alee. Era înaltă şi zveltă. Avea un mers graţios. Era îmbrăcată în negru, la fel ca el. Părul ei ca tăciunele contrasta cu pielea albă, iar ochii ei... ochii ei erau albaştri, de un albastru intens.

Muşchii lui Tomás fură cuprinşi de fiori, mai ales când, trecând pe lângă ea, mâna ei albă a atins-o uşor, pe a lui. Ea a schiţat o mişcare uşoară a buzelor, parcă cerându-i scuze, pătrunzând, în acelaşi timp, cu privirea, în ochii lui Tomás. El s-a simţit ca şi cum spatele i-ar fi fost străpuns de un fulger care l-a făcut să se clatine... doar conformaţia atletică a reuşit să-l menţină în picioare. Trupul lui a tremurat şi a tremurat... şi mai mult când s-a întors să privească frumoasa siluetă a acelei femei care, privind înapoi, i-a zâmbit poznaş.

La câteva minute după întâlnirea lor, când imaginea atrăgătoarei femei îmbrăcate în negru dispăru din câmpul lui vizual, stând pe o bancă din parc, chipul ei îi stăruia încă în minte, dansând în ritmul emoţiilor şi al închipuirilor lui. Pentru că femeia aceea era exact ceea ce mintea lui expertă şi analitică crease ca un ideal, singura care îi putea depăşi aşteptările şi îl putea determina să încalce jurământul pe care i-l făcuse mamei lui. Imaginea visurilor sale de pe ecranul monitorului se apropia şi se îndepărta de parcă ar fi fost o proiecţie holografică. A trăit câteva minute bune de visare. După ce a revenit la realitate, s-a ridicat şi a mers grăbit spre birou, aflat chiar în clădirea care se înălţa în faţa parcului. Avea multă treabă şi, în după-amiaza aceea, trebuia să îi prezinte un raport directorului. Era expert în programare. Firma depindea mult de el.

Când ajunse la serviciu, directorul îl aştepta aşezat pe un scaun în biroul lui. „Bună", spuse Tomás citindu-i-se uimirea în ochi, neînţelegând prezenţa şefului său. „Bună, trebuie să vorbim", zise directorul. „Da?" răspunse el cam surprins. „Acum câteva minute a sunat la telefonul meu o femeie cu o voce mieroasă şi a întrebat de tine", preciză directorul. „Şi?" se arătă circumspect Tomás. „M-a asigurat că i-ai înduioşat inima", zise directorul, cu un zâmbet complice. Şi, ridicându-se de pe scaun, ieşi din birou, nu înainte de a-l bate amical pe spate pe colaboratorul şi prietenul său.

Rămase uimit. El nu primise niciun telefon, de la nicio femeie, la birou. Pentru el, locul acesta era un sanctuar. Nu-şi dorea obligaţii. Era burlac din convingere. Libertatea era o necesitate a sufletului său şi... burlăcia, un jurământ.

Până în acel moment, nicio femeie nu fusese în stare să-i trezească interesul... cu atât mai mult să-i înduioşeze inima. Niciunul dintre prietenii săi, inclusiv directorul, nu cunoştea vreo femeie care să fi socializat cu el. În ciuda faptului că nu era un bărbat chipeş, avea o virilitate care atrăgea privirile femeilor. Cu toate acestea, era considerat un timid fără pereche. Mulţi credeau că suferă de o traumă familială, căci un zvon care circulase pe coridoare, acum câtva timp, răspândise informaţia conform căreia, în faţa mormântului mamei sale, jurase să rămână burlac şi cast în ceea ce priveşte contactul fizic cu o altă fiinţă umană. De ce acest jurământ? Nimeni nu ştia şi nimeni nu îndrăznise să întrebe. Îi respectau intimitatea, dar, mai ales, se simţeau intimidaţi de replicile lui pline de ironie şi aroganţă intelectuală.

De îndată ce rămase singur, îşi deschise PC-ul şi introduse parola. Tastă două litere: MV şi, imediat, apăru pe ecran silueta unei femei, cea mai frumoasă dintre femeile pe care el ar fi putut-o crea, după multe ore de muncă nocturnă, şi... care, cu puţin timp în urmă, îi tăiase calea, acolo în parc, în apropierea biroului său.

Nu-i venea să-şi creadă ochilor. Asemănarea era izbitoare: înaltă, zveltă, ochi albaştri, păr negru ca tăciunele, piele albă, privire magnetică şi pătrunzătoare. Plăsmuirea lui reală, în carne şi oase... trecuse pe lângă el, îi atinsese mâna şi îi zâmbise.

Chiar în acel moment, în faţa lui, pe ecranul monitorului său, femeia visurilor lui îi zâmbea, iar el nu răspunse aşa cum o făcea de obicei; rămase serios, ştiind că afară, într-un anumit loc din oraş, creaţia lui exista şi era vie... vie.

O serie de imagini şi cuvinte se îngrămădiră în mintea lui. Silueta mlădioasă a femeii în negru, apelul telefonic, zâmbetul directorului său, imaginea de pe desktop, presupusa frază a unei tinere necunoscute repetată de director, *m-a asigurat că i-ai înduioșat inima*, aleea din parc; un adevărat puzzle care i se învârtea în cap. Și acum, marea enigmă, aceea care ia naștere în toate creierele, mai ales în cele speculative și neîncrezătoare ale persoanelor singuratice și introvertite: „Oare nu o fi totul rodul unui complot? Nu poate fi adevărat", se gândi. Doar puțini bărbați ca el aveau acest noroc atât de așteptat de mulți, să-și întâlnească idealul în carne și oase, să nu se fi spart în fața lor ca o vază de cristal, să fie în continuare vie... vie.

În fața PC-ului, privea întruna silueta iubitei lui creații și o compara cu aceea pe care o văzuse în parc. Brusc, se ridică și privi pe fereastră, ascultându-și parcă impulsurile. O văzu stând pe aceeași bancă pe care, cu câteva minute în urmă, se așezase și el, ca să asimileze acea ciudată, dar minunată întâmplare pe care o trăise.

Fără să se gândească de două ori, părăsi biroul și, în câteva minute, traversa strada care dădea înspre parc, dar ea nu mai era acolo. În locul ei, stătea un cerșetor care își număra „câștigurile" din acea zi. „Un mic ajutor", imploră acesta, scoțând și mai multe monede din buzunarele roase ale pantalonilor murdari, pe care le puse pe bancă. Tomás îi aruncă niște monede, privind dintr-o parte în alta, căutând-o, fără ca ochii lui să strălucească de bucurie. Refăcu drumul în sens invers și se pierdu printre copacii înalți care se ridicau în acea zonă a parcului. Era imaginea pe care, de la fereastra mare a biroului său și cu ajutorul unui binoclu, o vedea directorul, în timp ce zâmbea. Își luă celularul și formă un număr. „Bună... da... bine, ciao!" fură cuvintele pe care le rosti înainte de a-și părăsi biroul în grabă... cu o ciudată privire în ochi.

„Şi acum ce urmează?" se întrebă zeflemitor femeia, sorbindu-şi paharul de martini.

Merse mult timp, mintea lui nu reuşea să se situeze în realitate. Mii de imagini se învârteau în faţa ochilor săi, neîncrezători încă. Mintea îi fierbea de idei nebuneşti şi inteligente, fără să aibă o clipă de linişte de când o văzuse, de când o atinsese. Nu-i venea să creadă că destinul lui ar putea fi atât de nemilos. Acum, tocmai acum, când idealul său devenise realitate, mintea îi juca feste. Chiar îl făcuse să creadă că femeia aceea era *ea*. Asta era doar o iluzie a minţii şi femeia pe care o văzuse şi o atinsese era o femeie oarecare, dar nu ea; cu toate acestea, creierul lui continua să-i joace feste şi el căzuse în capcană. Dar nu, nu era posibil, el o văzuse şi o simţise. Şi nu numai asta, directorul său îl informase despre apelul telefonic. Dacă şi acesta făcea parte din complot? Oh, nu! Iar acelaşi şi acelaşi gând... mereu ajungea la acelaşi gând. Ore întregi a umblat şi a căutat... şi a privit în toate părţile şi nu a găsit-o... şi s-a gândit la ea, şi nimic... şi s-a întors de unde a plecat... în felul acesta s-a lăsat înserarea şi a intervenit oboseala, şi s-a îndreptat spre casă cu mintea tulburată şi inima suferindă.

Zilele următoare au fost un chin pentru el: de la birou în parc, să vadă dacă nu cumva apărea, şi PC-ul lui care nu-i mai spunea nimic, ca înainte, când o privea şi se destindea, ştiind că datorită lui ea exista şi că era doar a lui şi, mai mult decât atât, era creaţia lui, iar măreţia lui creştea la fel ca aceea a unui zeu. Zile lungi şi nopţi negre i-au întunecat înfăţişarea...

Chiar într-una din zilele acelea intră în biroul lui o colegă de serviciu, o mulatră cu ochi verzi şi păr negru: „Bună, Tomás", zise, fără ca el să reacţioneze...

A trebuit să treacă unsprezece zile până când a revăzut-o, așezată pe banca din parc, privind spre fereastra la care stătea el, observând-o...

Doar șapte minute i-au trebuit ca să ajungă la bancă și să sufere dezamăgirea dispariției ei...

După o zi, apăru o scrisoare pe biroul lui cu un mesaj, fără semnătură: „La șase după-amiază, la Muzeul Figurilor de Ceară". Se uită la ceas, era ora zece. Primul său gând recreă imaginea femeii virtuale. Își deschise PC-ul. Acolo, pe ecran, era ea, radioasă... și azi, tocmai azi, de ziua lui de naștere, avea o întâlnire cu ea, căci, dacă nu cu *ea*, atunci cu cine... fiindcă el nu socializa cu nimeni.

Opt ore lungi, petrecute în așteptare...

La cinci după-amiază, își aranjă cravata și ieși grăbit, cu toate că doar cincisprezece minute ar fi fost de ajuns pentru a ajunge la muzeu. Erau puțini vizitatori. Cinci săli îi expuneau pe eroii diverselor războaie și revoluții. Chipuri de ceară, fără viață. Străbătu cu oarecare nerăbdare fiecare dintre săli, căci, în orice moment, putea să se întâlnească, din întâmplare, cu ea. Minutele treceau încet. Se uita în repetate rânduri la ceas, une-ori avea impresia că limbile refuzau să înainteze. Până când se făcu ora șase și, în față, la fel ca pe ecranul PC-ului îi apăru propria creație, îmbrăcată în negru. Pentru o fracțiune de se-cundă i se păru că se află în fața uneia dintre păpușile de ceară: „Bună", îi spuse cu o voce mieroasă. „Bună" răspunse el aproape fără voce. Cu o familiaritate de vechi prieteni, o luă de braț și se îndreptară spre ieșire. Ca și cum ar fi fost vorba des-pre un program pe calculator, el, mut de fericire, nu scoase niciun cuvânt, ea se prinse cu putere de brațul lui. Merseră în direcția celui mai apropiat hotel. În fața unei cești de cafea au vorbit, bineînțeles despre visuri și vraja dragostei...

I-a fost frică să nu strice farmecul, dacă o întreba cine era și cum apăruse... doar s-a lăsat purtat de fericire.

În noaptea aceea, făcând dragoste cu *creația lui*... a simțit că tremura de frig... Au fost clipe în care mintea lui, tulburată de o asemenea senzație ciudată, era cuprinsă de panică și inima i se înfioră de frică și neliniște. Ochii lui s-au întunecat când a contemplat extrem de uimit felul în care ochii frumoși și duioși ai *creației* lui, pe măsură ce noaptea se scurgea, deveneau din ce în ce mai reci și mai indiferenți. Privirea femeii la care visase mai bine de doi ani și care era rodul imaginației sale se stingea...

Oboseala îl învinse și căzu într-un somn adânc. Era ora trei după-amiaza, a doua zi, când îl trezi soneria telefonului din camera de hotel. „Da?" răspunse. „E timpul să eliberați camera, domnule" auzi un glas la celălalt capăt al receptorului. „Mulțumesc", zise și puse telefonul în furcă, privind instinctiv dintr-o parte în alta. Era singur. Ea plecase. Un miros delicat de parfum era singura dovadă că fusese acolo...

Mintea lui, păstrând încă urmele experienței trăite cu numai câteva ore în urmă, zbura între real și imaginar. „O fi fost oare un vis?" se gândea în drum spre apartamentul său. Simțea nevoia să facă o baie și să-și limpezească gândurile, dar, mai ales, să se conecteze încă o dată la realitatea... cotidiană.

A doua zi, după cum îi era obiceiul, intră în birou și își deschise PC-ul. Imaginea *creației* lui iluminǎ ecranul, dar, cu toate aceastea, se întâmplă un lucru ciudat: aceasta nu îi mai transmitea nimic. Din contră, i se păru că este la fel ca multe dintre acele femei frumoase care sunt individualizate pe ecranele a milioane de PC-uri, răspunzând fanteziei multor bărbați. Făcu un click pe tasta *delete* şi ecranul rămase alb... Suspină încet, ca o uşurare.

„Bună", o auzi spunând pe una dintre colegele de serviciu, mulatra cu ochi verzi şi conformaţie zveltă, care se afla în faţa lui, cu un zâmbet sincer. „Bună", îi răspunse el, privind-o direct în ochi. Ea lăsă nişte documente şi ieşi, nu înainte de a-i arunca un zâmbet senzual.

După câteva zile, Tomás şterse din PC-ul lui orice urmă a creaţiei lui... ceva se întâmplase în subconştientul său. Acum se gândea neîncetat la fata cu ochii verzi şi zâmbet sincer.

Până când, într-o zi, a invitat-o la o plimbare... şi, din acel moment, viaţa lui Tomás a luat-o spre un alt destin... cel real. Directorul, aflând că Tomás ieşea cu Irene, a zâmbit... şi a dat un telefon: „Mulţumesc!"

SFÂRŞIT

ZECE

DRAGOSTE DE HÂRTIE

Era o noapte cu lună plină. Întins în pat, încerca să citească o carte, în timp ce mintea îi hoinărea printre imagini pline de senzualitate, care îi aţâţau patima carnală, şi ochii i se închideau încetişor. Cu câteva clipe înainte ca somnul să-l fi învins, se întâmplă ceva ciudat: i s-a părut că vede în faţa lui imaginea *femeii* care îi atrăsese atenţia în după-amiaza aceea, în magazinul de materiale textile. Nu-i venea să creadă! Pupilele i s-au mărit, respiraţia i s-a accelerat şi chipul i-a devenit palid. După câteva secunde, imaginea a dispărut, lăsându-l pe bărbat speriat şi surprins o bună bucată de timp, înainte de a putea să adoarmă.

Inima i-a bătut neregulat toată noaptea; s-a trezit neliniştit, în repetate rânduri, cu imaginea femeii dăinuindu-i în minte. Înainte de răsăritul soarelui, s-a mai trezit o dată şi nu a mai adormit până când primele raze de lumină l-au obligat să părăsească patul.

Obosit şi oarecum zăpăcit, a ajuns la firma de comerţ la care lucra, cu o oră mai devreme faţă de programul lui normal. „E bine să ai mintea ocupată. Te ajută", şi-a spus în sinea lui. În timp ce lucra, nu a încetat să se gândească la cele petrecute cu o seară în urmă. Niciodată nu i se întâmplase ceva asemănător, mai ales că, de-a lungul anilor, a avut multe femei cu care și-a împărțit viața amoroasă, fără ca niciuna dintre ele să-l fi impresionat atât de mult încât să-i tulbure somnul. Adevărul e că aceasta părea a fi deosebită, dar o văzuse doar câteva minute. De ce l-a impresionat atât de mult? Oare a fost dragoste la prima vedere? Era femeia pe care o așteptase întotdeauna inima lui? Și actuala lui soție? Era adevărat că o iubea, chiar dacă acum dormeau în camere separate și făceau dragoste din igienă sexuală sau necesitate biologică, și asta, din an în Paști. Încă păstra o putere de atracție deosebită, dat fiind faptul că bărbații întorceau capul după ea ca să-i admire farmecul, după ce se desfătau cu chipul ei drăguț, matur, dar încă sexy, căci era la vârsta la care femeile sunt cele mai atrăgătoare, *după cum afirmă cunoscătorii*. Gândurile îi erau întrerupte, din când în când, de obligațiile serviciului și de viața cotidiană.

În noaptea aceea s-a culcat cu soția lui. Trupul lui avea nevoie de un contact sexual. Toată după-amiaza îi trecuseră prin minte scene de un erotism intens, unele cu soția lui și altele cu femeia care îi furase somnul noaptea trecută.

De nenumărate ori a făcut dragoste cu soția lui și, la fel, tot de nenumărate ori a făcut dragoste, în imaginația lui, și cu femeia care îi distrăgea atenția într-un mod neașteptat și obsesiv.

O experiență excitantă, așadar... în timp ce soția lui îi străbătea trupul cu mângâieri senzuale și îl săruta cu pasiune pe gură, simți pe pielea de la ceafă gingășia altor buze: „Ce!" avea să exclame uimit simțind contactul neprevăzut, fără să știe sigur dacă era rodul imaginației sale excitate sau al unei ciudate atingeri umane.

Niciodată nu experimentase atâta rafinament într-o relație sexuală, nici măcar când fusese îndrăgostit, cu atât mai puțin acum, când apatia îi invadase căminul cu mulţi ani în urmă; fără copii, viaţa lui luase o direcţie diferită de cea prevăzută în planurile lui din tinereţe. Acum se dedica serviciului şi, din când în când, fără prea mare efort şi căutare, vreunei aventuri amoroase lipsite de importanţă, niciuna care să merite să-i rămână întipărită în memorie în mod special, nemaivorbind de rutina vieţii cotidiene a casei şi a relaţiilor formale cu soţia lui.

A doua zi dimineaţă, prin trup încă îi treceau fiori de plăcere senzuală, ca nişte rămăşiţe ale acelui *ménage à trois* trăit cu o noapte în urmă. Mintea lui a rătăcit pe tărâmuri necunoscute. Niciodată până noaptea trecută nu trăise senzaţii atât de satisfăcătoare într-o relaţie amoroasă. „Şi totul datorită ei", se gândi, invocând imaginea femeii care îi ocupa, din ce în ce mai mult, zonele minţii şi ale inimii. „Trebuie să o văd", şopti cu ochii întredeschişi.

Când a ieşit de la serviciu, paşii i s-au îndreptat direct spre magazinul de materiale textile. Voia să o vadă, simţea nevoia să o vadă, era o urgenţă lăuntrică.

A lăsat maşina la vreo 500 de metri distanţă de acel loc. A mers pe jos până la magazin, respiraţia a început să i se accelereze, o roşeaţă intensă i-a invadat chipul, mersul i-a devenit nesigur, pe când inima îi bătea din ce în ce mai tare: „Ahhhh!" a exclamat încercând să-şi controleze senzaţiile.

Trăgând o gură de aer în piept, a intrat în prăvălie cu pasul ferm şi puternic. „Bună ziua", a salutat cu voce gravă, disimulându-şi adevărata stare de nelinişte.

După ce a făcut câţiva paşi, ridicându-şi privirea, a văzut-o. Ea era la fel ca prima oară: senzuală şi îndrăzneaţă, cu pleoapele întredeschise, de parcă ar fi fost o şcolăriţă inocentă, arătându-şi cu oarecare voluptate o parte din frumosul ei trup, incitând să fie contemplată și, de ce să nu o spunem, dorită. Nu a îndrăznit să o privească direct, cutezanța lui nu ajungea până într-acolo, în ciuda teribilei ei atracții, de parcă s-ar fi temut să nu fie respins cu indiferență. În plus, nu trebuia să trezească bănuiala patronului și, în ciuda puternicei sale dorințe, a preferat să fie prudent: „Va veni și ziua în care vei fi a mea, doar a mea!" murmură îndrăgostitul, privind-o pe furiș.

Cât a rămas în magazin, trupul lui a emanat senzualitate și i-a fost teamă ca nu cumva starea lui de excitație să-l dea de gol, așa că a decis să se retragă.

A mers încet spre mașină, în timp ce fiori îi traversau trupul, oferindu-i mici doze de plăcere. Din când în când, se oprea din mers, pentru a se bucura de acele profunde senzații care îi străbăteau, necontenit, tot corpul. Femeia visurilor sale îi accentuase senzualitatea și îi excitase simțurile, dincolo de orice imaginație. Părea un adolescent incapabil să-și controleze incipienta și delicata sexualitate. Era fâstâcit și emoționat, dar dornic să-și continue aventura cu femeia care îi ațâța bărbăția ori de câte ori se gândea la ea. Voia să ajungă până la capăt: posesia și dăruirea pasională, ca să sfârșească în extazul deplin.

A făcut tot posibilul ca să ajungă târziu acasă. Ca hipnotizat, pașii lui l-au purtat prin diverse locuri, fiind condus mereu de imaginea ei, încercând inutil să-și potolească dorința arzătoare, care îi pătrunsese foarte adânc în suflet. Noaptea, a căutat refugiu în camera sa, nu avea starea de spirit necesară ca să socializeze cu soția lui, încă îi era rușine că avusese cu sine însuși un comportament de adolescent.

Înainte de a adormi, un mic fior i-a cutremurat trupul gol, amintindu-și de privirea ei tulburătoare și evazivă. După câteva minute, corpul i s-a relaxat și un somn profund a pus stăpânire pe el.

A visat că *ea* intra în camera lui în timp ce el dormea. Fără să-l trezească, se dezbrăca și se culca lângă el, lipindu-și trupul gol de al lui. „Sunt aici. Ți-am auzit chemarea", a ascultat-o spunând, în același timp în care buzele „ei" senzuale și cărnoase îi străbăteau gâtul și spatele, provocându-i o plăcere de nedescris. S-a întors cu tot corpul și a îmbrățișat-o pe femeie cu toată puterea lui, în timp ce penisul său excitat căuta sexul femeii dorite.

Șoapte de satisfacție și plăcere s-au auzit în cameră; trupurile lor asudate emanau mirosuri care inundau atmosfera, rămânând, în cele din urmă, zâmbetul satisfăcut de plăcere.

Un vis, un vis minunat și excitant care l-a trezit în zorii zilei fără ca lângă el să se fi aflat femeia care-i trezise pasiunea.

„Atât de real, a fost atât de real!", murmură întredeschizând ochii și, dintr-odată, simți un parfum de femeie. Crezu că era rezultatul visului și al excitației. Nu a trecut mult timp până și-a domolit tulburarea, trupul i s-a relaxat și a adormit din nou.

De dimineață, soția lui a intrat în cameră aducându-i micul dejun și având un zâmbet larg pe buze, ceva cu totul neobișnuit la ea: „Bună, iubirea mea", a spus cu o voce cântătoare, punând tava la picioarele lui și privindu-l cu un amestec de iubire și dorință.

„Mulțumesc", a răspuns surprins, în timp ce glandele lui olfactive i-au reamintit parfumul femeii din visul lui, acela al „ei". „Mirosul acela?" șopti intrigat, inhalând aerul și examinând-o cu oarecare curiozitate pe soția lui, cea care, văzând privirea intrigată a soțului ei, a întrebat cochetă: „Ți-a plăcut?" și, așezându-se lângă el, a șoptit: „Mie, da", după care și-a rezemat capul de umărul lui. El păstră tăcerea, neştiind ce să răspundă.

Mintea lui extaziată nu se odihni în weekend, gândindu-se la noaptea de vineri, o noapte ciudată, dar excitantă.

Cu scopul de a se linişti, şi-a dedicat zilele libere unor treburi urgente de la serviciu, în ciuda dorinţei sale necontrolate de a se duce la magazinul de materiale textile ca să o vadă şi, de ce nu, să-i vorbească şi să-i spună ce sentimente îi trezea. Dar nu a putut; starea lui de spirit îi depăşea îndrăzneala. Era mai bine să aştepte şi să se linişteasă, nu voia să fie rănit şi, chiar mai rău, să fie respins, la vârsta lui...

Din fericire, atitudinea senzuală a soţiei lui i-a atenuat anxietatea din acel weekend, un weekend excepţional, căci a împărtăşit cu ea momente de senzualitate intensă, asemănătoare cu cele pe care le trăise în primul an de căsnicie. După aceea, viaţa de cuplu s-a răcit, flacăra pasiunii stingându-se repede, ca şi cum amândoi ar fi primit un ordin subliminal.

Dar acum, soţiei lui i se reaprinse erotismul stins şi avea nevoie să-şi satisfacă urgent carenţele prelungite... De parcă ar fi fost stimulată de o ciudată frenezie, s-a dăruit cu trup şi suflet, dar fără ca fanteziile ei să se poată realiza... Fantezii de femeie „normală": să facă dragoste cu un bărbat din carne şi oase, şi, cu cine altul, dacă nu cu soţul ei, pe care încă îl iubea şi pe care acum îl dorea din nou: „O fi vârsta?" avea să se întrebe, la un moment dat, în acest weekend plin de experienţe neaşteptate. „Oare e un vis?", era o altă întrebare pe care avea să şi-o pună, căci experimentase senzaţii de plăcere imensă şi voia să le prelungeasă mai mult de o noapte...

Luni, aşteptarea i se păru scurtă, poate pentru că *eul său erotic* fusese satisfăcut şi respectul de sine ca bărbat şi amant

crescuse, datorită acestui neașteptat sfârșit de săptămână. Chiar
și la birou a auzit șoptindu-se: „Pare satisfăcut" au spus câteva
colege, privindu-l piezis, căci bărbatul trecea în ochii lor ca fi-
ind serios și rezervat.

După-amiază, după ora 6, s-a îndreptat spre magazinul de
materiale textile, cu pas ferm și pregătit să ceară o întâlnire cu
femeia care îi activase hormonii la maximum. Soția lui îi insu-
flase încredere. Acum, fără teamă, era dispus să facă orice, nu
avea să se mai intimideze în fața privirii ei și a exuberanței de
superfemeie.

În apropierea magazinului, pentru câteva clipe, picioarele
lui au început să se înmoaie, un mic freamăt i-a străbătut cor-
pul și a trebuit să se oprească pentru a-și recăpăta controlul pe
care crezuse că îl are. Inhalând o gură de aer, a intrat în maga-
zin și, imediat, a simțit absența femeii. Pur și simplu nu era
acolo. Acum, picioarele i se înmuiară. Tejgheaua din fața lui l-a
salvat de o cădere sigură. Agitat, aruncă încă o privire, ca să
constate absența ei. În mijlocul stării lui de îngrijorare, a auzit
pe cineva întrebând: „Domnul dorește ceva?" „Nu, mulțu-
mesc" a reușit să spună, privindu-l cu coada ochiului pe patro-
nul magazinului. „Încă nu" a îngăimat în cele din urmă, în fața
privirii bănuitoare a bărbatului. În spatele tejghelei, în depăr-
tare, i-a părut că o vede pe nevasta patronului privindu-l fix,
cu un zâmbet între răutăcios și zeflemitor. Pentru o clipă, prin
minte i-a trecut ideea de a întreba: „Unde este?", dar nu a în-
drăznit și, după câteva minute, a părăsit magazinul cu chipul
marcat de o adevărată neliniște.

A mers fără direcție pe străzi, iar mintea lui, acum înfier-
bântată, nu reușea să lege nicio idee care să-i calmeze anxieta-
tea. A hoinărit timp de mai multe ore, până când i s-a făcut frig

și s-a întors acasă. O aromă de parfum de femeie plutea prin aer. S-a dus direct în camera lui, s-a întins pe pat, în timp ce căuta răspunsuri pentru absența femeii. Obosit și trist, a închis ochii, adormind îmbrăcat.

În vis, a simțit cum cineva îi dădea jos hainele, îl lăsa gol și apoi îi mângâia și îi excita corpul până la extaz și, în timpul jocului amoros, o poseda cu furie și pasiune nu pe *femeia* râvnită, ci pe... soția lui.

De dimineață, trupul lui încă emana parfum de femeie. Dintr-un salt, a părăsit patul și a căutat haine curate, cu scopul de a porni cât mai repede cu putință spre serviciu, căci nu voia să se întâlnească din întâmplare cu ea. Mintea îi era prea întunecată ca să înțeleagă unele lucruri și, mai rău de atât, ca să le explice.

În timpul zilei nu s-a mai gândit la nevasta lui și nici la femeia care îi dăduse peste cap viața în ultimele zile, ambele imagini apărându-i în fața ochilor, din când în când. Odată cu trecerea orelor, aproape spre sfârșitul după-amiezii, imaginea soției sale apărea mai intens, pe când imaginea *femeii* de la magazin se risipea din ce în ce mai mult.

Grăbindu-se cât putea de mult, după ce a ieșit de la birou, s-a îndreptat spre magazinul de materiale textile, căci, de data asta, era dispus să-l întrebe de ea pe patron sau pe nevasta acestuia. A parcat în fața magazinului și, fără urmă de îndoială, a intrat plin de curaj în prăvălie. Așa cum și-a imaginat, *ea* nu era acolo. În acel moment, îndrăzneala lui și-a pierdut din intensitate și a simțit cum îi dispare cheful de a întreba, drept pentru care a preferat să plece de acolo.

Afară, în mijlocul îndoielilor și al imaginilor femeilor din actuala lui viață, care îi reveneau în minte, a început să dea târcoale prin cartier, cu intenţia de a-şi alina suferinţa. Cotind după cel mai apropiat colţ cu magazinul, în mijlocul unei grămezi de gunoi, a văzut ceva care i-a atras atenţia. S-a aplecat şi a adunat bucăţile murdare ale unui calendar pe care se afla fotografia unei femei seducătoare. A rămas uluit constatând că era vorba despre *femeia* visurilor sale, *seducătoarea femeie de la magazin,* care îi provocase atâtea nopţi de insomnie.

După ce a dat foc calendarului – *care îi trezise dorinţele subconştiente* – a plecat liniştit, prin noapte.

SFÂRŞIT

UNSPREZECE

NEURONI OGLINDĂ

*C*itise un articol care l-a pus pe gânduri...

Timp de câteva zile a fost nervos și gânditor. A lipsit de la serviciu. Citirea articolului îi zdruncinase sănătatea. „Afacerea poate să aștepte", a murmurat.

Textul spunea așa:

Sistemul de neuroni oglindă permite să-ți însușești acțiunile, senza-țiile și emoțiile altor persoane... Capacitatea de a avea empatie sau capacitatea de a-ți imagina ceea ce gândește altul va consta în acest sistem...

Brusc, a fost cuprins de neliniște, pentru că, de mult timp *simțise* o capacitate de a reproduce acțiunile oamenilor, într-atât de mult, încât ajungea să-i egaleze chiar și în cea mai mică ex-presie... Credea că era vorba, pur și simplu, de o abilitate de imitare teatrală, la fel cu cea a mimilor care sunt văzuți frecvent în piețe și pe străzi, distrându-i pe trecători, făcând haz pe seama lor.

„Dar nu, nu", s-a gândit, „nu era vorba despre asta, era ceva diferit". Articolul depășea teatralul sau anecdota, acesta era re-zultatul unei investigații științifice, iar el, el avea acele capacități *de a imita acțiunile, senzațiile, emoțiile celorlalți, dar nu și capacitatea empatiei sau cea de a-și imagina ceea ce gândește altul;* și, tocmai lipsa capacităților care erau prezentate în cea de-a doua parte a enunțului, îi tulburase starea emoțională. Întotdeauna ambițios, credea că toți ceilalți trebuiau să se supună capriciilor și dorințelor sale. „Neuroni blestemați!" a mormăit la un moment dat, supărat pe sine însuși. Totuși, a schițat un zâmbet malițios, acum că își descoperise talentul.

Afacerea lui, un magazin de mobilă într-un cartier de clasă mijlocie, îi permitea un oarecare confort economic, dar nu îndeajuns ca să obțină mulți bani și putere, așa cum visase încă din tinerețe, motiv pentru care studiase chiar și psihologie la o prestigioasă universitate. Însă limitele capacității și inteligenței sale i-au monopolizat în curând ambițiile și, așa cum era de așteptat, pacienții l-au abandonat încetul cu încetul din cauza lipsei de rezultate privind tratamentele și, mai ales, pentru că au simțit că *doctorul* încerca să profite imediat de poveștile lor, în scopuri senzuale și utile lui.

În ciuda tuturor lucrurilor, nu și-a pierdut niciodată speranțele de a-i *domina* pe ceilalți și de a face avere, căci simțea că era predestinat triumfului sau că, într-o bună zi, acesta îi va bate la ușă...

Pornind de la citirea articolului respectiv, mintea lui a început să conceapă o nouă afacere, o afacere care avea să-i aducă bani, mulți bani, dar, mai presus de toate, putere... După câteva zile de cugetare neîncetată, a găsit răspunsul: „Citirea gesturilor și... a privirilor". „Pe cine nu interesează să-și cunoască destinul și secretele?" s-a gândit cu cinism, în timp ce ochii lui scânteiau a desfrâu. Acum trebuia să pună pe picioare afacerea...

În curând, o tăbliță luminoasă anunța:

„Psihiatrul Optic"

„Lăsați-vă problemele în mâinile mele"

„Aici şi acum!"

În spatele magazinului de mobilă a amenajat, pentru afacere, o cămăruță, comandând pereți vopsiți în negru şi tavan în formă de boltă pe care să fie imprimată o pictură strălucitoare reprezentând o galaxie aparținând unui univers imaginar. „Ezoteric, asta este!" a murmurat „doctorul", aşezând masa şi scaunele pentru a-i primi pe viitorii clienți. O pelerină neagră şi o cutie cu capac fosforescent completau ansamblul de elemente necesare pentru a începe *afacerea*.

Trebuia să-şi verifice capacitatea neuronală ca să-şi imite clienții şi chiar să le citească gândurile, deşi ştia că nu avea acest dar, însă cine ştie dacă nu cumva, odată cu practica, avea să-şi dezvolte intuiția pe moment.

Curând, foarte curând, au sosit primii clienți: femei mature, din clasa medie, unele, din aşa-zisa elită, şi câțiva bărbați de vârstă mijlocie.

„Intrați, vă rog!" i-a spus cu o prefăcută amabilitate unei doamne de vreo 45 de ani, îmbrăcată cu o eleganță exagerată.

Aceasta, puțin agitată, aşa cum li se întâmplă tuturor oamenilor care caută în cărți de astrologie şi în ghicit *soluția* problemelor sentimentale şi emoționale, s-a aşezat pe scaunul incomod pe care i l-a indicat *doctorul*.

Un mic fior i-a străbătut trupul în timp ce aştepta. „E frig", s-a gândit privind desenul din tavan, abia luminat de două mici reflectoare. „Hmmm", a şoptit intrigată, când a auzit ordinul doctorului: „Doamnă, vă rog, atenție!" În fața ei s-a aşezat *doctorul*, dichisit cu o pelerină neagră care-i venea până în gât şi care contrasta cu chipul lui alb, scoțându-i în evidență ochii verzi. „Da, sigur", a spus doamna, privind ţintă în ochii *psihia-trului.*

„În timp ce-mi povestiţi problema dumneavoastră, să nu încetaţi să mă priviţi în ochi", i-a poruncit el. „Bine."

„Sunt o femeie care, de mică, a suferit abuzuri lascive şi, acum, la vârsta mea, acestea mă urmăresc... bla, bla, bla..."

La fel ca primei cliente, avea să repete porunca tuturor celor care s-au perindat prin *cabinetul său,* cum obişnuia el să-l numească, amintindu-şi de vremea când era psiholog.

„Domnule doctor, sunt îndrăgostit de o femeie frivolă care-mi dispreţuieşte iubirea şi... bla, bla, bla..."

„Dragă doctore, sunt un bărbat cu avere, dar slab de inimă, căci tatăl meu, care era un bărbat despotic, şi mama, o femeie supusă... bla, bla, bla..."

Dintr-odată, a simţit o puternică împunsătură în piept, care l-a făcut să-şi abată atenţia şi privirea, într-atât de mult, încât pacientul l-a întrebat: „Aţi păţit ceva, domnule doctor?" „Nu, nimic", a răspuns, recuperându-şi încetul cu încetul stăpânirea de sine.

După ce a plecat şi ultimul client, a închis cabinetul. „Deocamdată, e de ajuns", a murmurat ca pentru sine, amintindu-şi dureroasa împunsătură.

„Vă aştept peste o săptămână", a spus în loc de rămas-bun fiecăruia dintre pacienţii săi îndureraţi, notându-şi într-un carneţel data viitoarei întâlniri.

În timpul cinei, singur în casa lui, prin minte i s-au derulat poveştile acestora. Vocile lor... ce iureş! îi răsunau neîncetat în urechi. Odată cu trecerea orelor, s-a liniştit şi s-a autostimulat, gândindu-se la cât de uşor era să faci bani: *ascultând* problemele celorlalţi.

În prima săptămână, relatările suferințelor reale și imaginare i-au înmulțit banii din contul bancar și i-au stimulat lăcomia, contând mai puțin faptul că tot felul de umbre și cuvinte îi însoțeau insomnia. De la al zecelea pacient încolo, a început să audă voci care îi atrăgeau atenția, la orice oră din noapte, solicitându-i o soluție pentru problemele lor. „Este firesc", obișnuia să gândească în calitatea lui de psiholog, justificând astfel aglomerația de senzații care îl urmăreau în timpul nopților de veghe. Trebuia să se pregătească pentru celelalte întâlniri. „La urma urmelor, merită osteneala, în ciuda oboselii", obișnuia să murmure cu lăcomie, gândindu-se la buzunarul plin.

A opta zi a fost gata să își primească prima pacientă.

„Vreo schimbare?" a întrebat-o pe doamna care îl privea cu o ciudată veselie. „Da, domnule doctor", a răspuns doamna. „Încetul cu încetul, imaginile din trecut s-au risipit, ca prin minune, e surprinzător!" a spus euforică. „Mă bucur", a precizat doctorul, simțind înțepătura ascuțită în piept. „Nici nu știți cât de recunoscătoare vă sunt!" a exclamat, punând niște bancnote pe masă. „Mulțumesc", a spus și a părăsit camera, fără să aștepte vreun răspuns.

Inima i-a bătut mai repede când a rămas singur. Imagini cu un bărbat lasciv i-au bântuit mintea. Pentru prima oară, i-a fost frică.

„Bună ziua, domnule doctor", a zis bărbatul care stătea pe scaun, în fața lui.

„Da", a răspuns doctorul respirând greu, de parcă s-ar fi trezit dintr-un coșmar.

„Ați pățit ceva, domnule doctor?" a întrebat pacientul.

„Nu", a răspuns sec, abătându-și privirea.

„Domnule doctor, trebuie să vă mărturisesc că sunteţi un adevărat înţelept", a exclamat bărbatul cu o sclipire în ochi. „A fost de ajuns numai o şedinţă pentru ca sufletul să mi se vindece" şi a subliniat: „Sunt liber!" „Mulţumesc", a zis lăsând un cec pe masă. Cuprins de efuziune, a luat mâna doctorului şi i-a sărutat-o, pentru ca apoi să părăsească în grabă acel loc.

Brusc, în faţa ochilor, i-a apărut imaginea unei femei cu chip senzual, care s-a risipit repede. Un fior i-a străbătut spatele.

Şi, în felul acesta, pacienţii s-au succedat unul după altul; imaginile cu chipuri cu priviri lascive, la fel, una după alta.

Cu timpul, i s-a dus faima şi toţi comentau despre *capacitatea doctorului* de a pătrunde în sentimentele şi emoţiile lor cele mai intime, dar, cel mai surprinzător, era faptul că acestea deveneau ale lui; atât de mult punea stăpânire pe ele, încât, în multe dintre cazuri, a reuşit să-l elibereze pe client de *greutatea problemelor sale*.

Oamenii se adunau din ce în ce mai mult la cabinetul său şi îl răsplăteau cu generozitate, căci, la urma urmelor, problemele lor se risipeau ca prin minune. Găsiseră un ascultător de mare forţă, un burete uman, capabil să le absoarbă neliniştile... fără ca nici măcar să bănuiască faptul că acela ar fi fost drumul către eliberarea de suferinţă a sufletelor lor. În câteva luni, doctorul a câştigat mai mulţi bani decât şi-ar fi putut închipui. Lăcomia l-a orbit într-atât, încât a acceptat consultaţii fără programare şi fără pauză şi nu a luat în seamă nevoia de odihnă şi de relaxare. Încet-încet, trupul i-a slăbit, până când chipul lui a început să-şi arate oboseala şi ochii lui verzi şi-au pierdut repede strălucirea care-i făcea atrăgători pentru clienţi. „Privirea dumneavoastră...", exclamau ei, parcă hipnotizaţi. Şi ce era mai grav încă nu se întâmplase: și-a pierdut treptat-treptat capacitatea de a discerne emoțiile și sentimentele clienților, a început să confunde viața lui emoțională cu *cea a pacienților săi, după cum obișnuia el să-i numească,* acum din ce în ce mai numeroși, căci, după prima vizită, toate și toți plecau *eliberați de mâhnirile lor.*

Averea lui a crescut direct proporțional cu neliniștile sale... și chinurile din viața pacienților săi îl urmăreau în somn, noaptea... Bărbați și femei, cu figuri deformate de ambiție și lăcomie, îi dădeau târcoale zilelor și vieții lui... Fantomele promiscuității și ale îngâmfării îi însoțeau după-amiezele... „O să-mi treacă", spunea încercând să adoarmă, dar somnul nu venea așa ușor. „Halucinații, halucinații", spunea, privind cerul infinit, de îndată ce se crăpa de ziuă.

După câteva luni, pierduse controlul asupra conștiinței Eului său, nu mai știa cine era, confunda ziua cu noaptea, plângea și râdea necontrolat, era un *car de nervi.* Medicii de la secția de psihiatrie au dat diagnosticul: „Depersonalizare multiplă" și l-au închis într-o încăpere pentru a face terapie toată viața...

SFÂRȘIT

DOISPREZECE

PORTRETE ÎN CĂRBUNE

„*D*a, doamnă, dumneavoastră sunteţi", a insistat pictorul de portrete. „Da?" a zis femeia fără prea multă convingere, privind fix portretul unei femei diferite de ea. „Bun... face 250 de dolari", a spus cu voce seacă pictorul, dând jos portretul de pe şevalet. „Mă rog, în orice caz, dacă nu sunteţi foarte convinsă, vi-l fac cadou", a mormăit artistul cu dispreţ. „Nu", a exclamat ea, deschizându-şi în acelaşi timp geanta.

„Nimeni nu e mulţumit de chipul său", a murmurat pictorul, făcând o mutră de dispreţ. „Toţi oamenii se cred frumoşi", s-a gândit cu îngâmfare. „De parcă eu aş fi Creatorul!"

Era convins că, prin munca lui, reflecta în mod real trăsăturile persoanelor care voiau să-şi lase chipul schiţat în cărbune, pe o bucată de hârtie.

Se obişnuise să se oprească la colţurile de stradă cele mai circulate şi să examineze chipurile oamenilor. Uneori, făcea asta cu atâta insistenţă, încât, unii trecători, urmăriţi de privirea lui, îi aruncau priviri dure de reproş, iar alţii treceau fără să-i acorde vreo importanţă.

Când vedea un chip care îl atrăgea în mod deosebit, îl urmărea cu o bucată de hârtie în mână şi, după ce trasa câteva linii, se ridica şi definitiva cu trăsături de penel schiţa improvizată, primind uneori strigăte furioase şi, alteori, zâmbete trufaşe.

Să fure chipuri şi expresii ale feţei a devenit obsesia lui.

La început, intersecţiile erau locul pe unde se perindau foarte mulţi oameni, chipuri de toate felurile: serioase, supărate, vesele, triste, sumbre, gingaşe şi acre. Figuri de bărbaţi şi femei treceau prin retina şi pe hârtia portretistului. Apoi acesta a intrat în magazine şi în alte locuri publice pe unde oamenii se perindau ca să-şi rezolve tot soiul de probleme.

Nu de puţine ori a avut probleme cu cei cărora le făcea portretul şi cu însoţitorii lor. Dar nu-i păsa, obsesia lui avea un preţ şi era dispus să-l plătească. „Nu, nu sunt eu", obişnuiau să spună cei cărora le făcea portretul, nemulţumiţi de munca artistului.

În general, îşi rezerva orele dimineţii pentru a urmări oameni. „La aceste ore, chipul unei persoane, indiferent de starea emoţională, este mai luminos ca oricând", obişnuia să-i spună câinelui său, singurul prieten căruia îi împărtăşea obsesia lui. După-amiaza, îşi „finaliza" munca într-un mic atelier dintr-un cartier central al oraşului, unde, din când în când, apărea câte un client.

Niciunul dintre cei care i-au servit drept model nu a plecat mulţumit. Toţi făceau „mutre" prin care îşi exprimau insatisfacţia.

Desigur, el insista asupra calităţii lucrării şi a asemănării portretului cu modelul. „E o chestiune de percepţie", argumenta, încercând să-l convingă pe client. Uneori, obosit să mai insiste, încheia discuţia brusc, rupând portretul în faţa clientului, iar, alteori, cerea nişte preţuri exagerate care îi alungau.

„Ei nu recunosc munca artistului", spunea cu ironie. „Dacă vor mai multă asemănare, de ce nu se fotografiază și să mă lase pe mine în pace", protesta cu dispreț.

La început, a avut un număr frumușel de clienți, dar, aceștia fiind nemulțumiți de portrete, au plecat și, încet-încet, a rămas fără comenzi. Nimeni nu mai venea la atelierul său. Talentul lui nu era recunoscut. După vreo câteva luni a rămas fără modele și fără comenzi.

„Într-o bună zi, vor vedea de ce sunt în stare", a zis ca o sentință, într-una din multele nopți în care inima lui gemea de părere de rău și mânie.

Totuși, un foc creator venit din interior îi cerea „să creioneze portrete". Începând din acel moment, se născu obsesia de a căuta și a urmări „modele" pe străzi, în timpul dimineții, când, după părerea lui, chipurile erau mai luminoase.

După ora 18.00, revizuia schițele și le alegea pe cele mai *reprezentative*. Le retușa și le păstra sârguincios într-un cufăr din atelierul său. Pe toate, ordonat. Punea data și semnătura lui în partea stângă a desenului. În miez de noapte, se trezea și își revedea încă o dată lucrările. Privea portretele fix, de parcă ar fi vrut să pătrundă în sufletele acelor oameni. În unele momente, lăsa impresia că vorbește cu ele, buzele lui îl trădau. Astfel a colecționat tot felul de chipuri, pe cele care semănau între ele le elimina, voia să fie unice... nimeni nu trebuia să aibă dubluri sau clone.

A continuat așa până când a putut să strângă vreo 38 de portrete de bărbați și femei pe care le obținuse, pe furiș, de pe străzi și de prin localurile orașului. Cu ele putea să facă o serie de combinații și să deseneze orice chip, doar privindu-le câteva minute.

Îl impresionase o teorie după ce citise cu câteva luni în urmă, un mic eseu al unui celebru antropolog, care susținea că fizionomia omului prezintă diferențe minine și că ar fi de ajuns doar 38 de modele ca să poți desena orice chip pe care l-ar fi putut crea mama-natură. Găsise regula de aur a realizării portretului. Acum nimeni nu se mai putea plânge.

După părerea autorului, ca să reușești să faci un portret și să-i transpui pe hârtie intensitatea exactă, era nevoie să folosești un cărbune special de desen, capabil să sustragă esența ființei.

„Galeria mea!" a exclamat mândru, după ce a terminat să le atârne pe unul dintre pereții atelierului. Apoi, privindu-le cu atenție, unul câte unul, a zis într-un mod melodramatic: „Am găsit ce-mi lipsea. Veniți, vă aștept!" și, gândindu-se la viitorii clienți, s-a dus la culcare, afișând un zâmbet fin pe buzele uscățive, în timp ce ochii îi străluceau în mod ciudat.

A visat mii de chipuri; chipuri de toate felurile: late, lunguiețe, rotunde, ovale, grase și slabe. Chipuri care, la sfârșitul visului, dispăreau în mijlocul unei ceți dese...

Se trezi cu amintirea proaspătă a visului său și o umbră de neliniște îi tulbură inima, fără să-i poată defini originea. Umbră care s-a risipit când a auzit soneria casei, sonerie care nu mai fusese atinsă de vreo câteva luni. Era ora 9:00. „Un client?" s-a întrebat. „Cine altcineva ar mai putea fi?" a murmurat. Despre prieteni nici vorbă. Caracterul său nu-l ajuta să mențină mult timp o relație. Acum, cu atât mai puțin, căci voia să trăiască doar pictând portrete.

– O clipă, a strigat îndreptându-se spre uşa de la intrare, care dădea spre singura stradă pavată din Villa María, unul dintre cartierele vechi ale oraşului.

– Bună ziua, a zis o doamnă în vârstă când l-a văzut. Îl caut pe pictor.

– Eu sunt, a răspuns artistul, privind-o de jos în sus.

– Vreau să-mi faceţi un portret, a zis aceasta cu o voce aspră, după examinarea la care a fost supusă.

– De acord, intraţi, a spus el. Urmaţi-mă, a poruncit, fără să-i arate amabilitate.

După ce au străbătut un coridor demodat, au ajuns într-un studio-atelier mare, cu pereţi înalţi şi groşi, pe care atârnau, luminate cu reflectoare, 38 de portrete: 19 portrete de bărbaţi, pe un perete, şi 19 de femei, pe altul, aşezate în cercuri concentrice: unul în centru, apoi un cerc de şase şi, în cele din urmă, un cerc de 12, ca o mandala. Pe peretele din capăt, în faţa unui scaun, se afla un şevalet mare, înconjurat de rafturi pe care se odihneau, claie peste grămadă, tot felul de cărbuni de desenat, de diverse tonuri.

– Luaţi loc, a poruncit arătând spre scaun.

O lumină de intensitate medie cădea direct pe chipul femeii.

– Ridicaţi capul şi priviţi-mă în ochi, a poruncit din nou, sec, pictorul. Nu vă mişcaţi... aşa e bine.

Dând ascultare ordinelor, doamna a rămas nemişcată.

A trasat câteva linii rapide pe hârtia pe care, cu câteva clipe în urmă, o aşezase pe şevalet. În timp ce desena, o privea pe femeie fără întrerupere, apropiind creionul de ochii ei sau calculând distanţele dintre trăsăturile faciale. Ea, în timp ce poza, nu înceta să contemple, cu oarecare curiozitate, portretele atârnate pe pereți, mai ales „aripa" femeilor, căci, pentru o clipă, i s-a părut că unul dintre ele era portretul ei sau cel puțin, era unul care îi semăna foarte mult. I-au fost de ajuns doar 15 minute, timp în care nu s-a auzit decât vârful creionului care lăsa urme viguroase pe suprafața foii de hârtie și respirația delicată și cadențată a doamnei, lângă respirația agitată a artistului, aflat în plin act al creației. Pe neașteptate, a sunat soneria, întrerupându-i artistului concentrarea.

– Fir-ar să fie! a murmurat, lăsând jos creionul. Mai am puțin, a zis înainte de a ieși din atelier.

După o clipă, femeia a auzit voci care se apropiau: „Da, aștept." „Bine, nu mai întârzii mult."

Artistul a intrat în atelier și, fără să mai spună ceva, a terminat cu mișcări sigure portretul.

– Gata, a zis, pironindu-și ochii duri pe chipul femeii care încă nu-și revenea din starea de uimire. Notați-mi numele și numărul dumneavoastră de telefon pe acest caiet și eu vă voi suna când va fi gata.

– Bine, a răspuns ea puțin speriată, notându-și numele și numărul de telefon.

– Așteptați să vă sun, a repetat el, însoțind-o spre ieșire.

Pe coridor s-a întâlnit cu un bărbat de vreo 50 de ani, cu chip melancolic și sever, care și-a ridicat pleoapele în semn de salut. Afară, un vânt rece i-a tăiat pentru o clipă respirația. A ajuns repede în parcare și, practic, a zburat în drum spre casă. Ședința de pictură parcă îi secase toate puterile așa că s-a întins în pat, pentru o clipă. Nu-și imaginase niciodată că „a poza" era un act de rezistență. „În fine", s-a gândit, „când o să mă sune, îmi iau portretul și la revedere".

Bărbatul cu chip palid a privit, fără să clipească, fix în ochii artistului, rămânând nemișcat 15 minute, timp în care acesta a trasat viguros linii, pe foaia de hârtie. După care a fost însoțit spre ieșire, la fel ca femeia.

— Notați-vă numele și numărul de telefon în acest caiet și eu o să vă sun când va fi gata, a zis, conducându-l spre ieșire. Așteptați să vă sun.

La ușa atelierului, două femei cu înfățișare plăcută priveau curioase anunțul care atârna de ușă: AICI SE DESENEAZĂ PORTRETE ÎN CĂRBUNE.

— Aici o fi? întrebă una din ele.

— După indicațiile care ni s-au dat, cred că da, a răspuns cealaltă și a apăsat pe sonerie de trei ori.

După câteva minute, artistul deschise ușa:

— Da, vă rog? a spus laconic.

— Vrem un portret, a răspuns aproape speriată una din ele.

— Intrați, le-a invitat sec.

La fel ca și modelele de dinainte, cele două femei au pozat timp de 15 minute, cât îi lua artistului să realizeze schițele. Niciuna nu a vorbit în timpul ședinței și nu a încetat să contemple, cu teamă, portretele atârnate pe pereți. Au plecat împreună, așa cum au venit, însoțite de pictorul nu prea vorbăreț, căci n-a deschis gura decât pentru a le da instrucțiunile acelea simple, cum făcuse și cu celelalte modele.

Femeile s-au îndreptat spre parcare, fără să schimbe vreo vorbă, ținându-se strâns de mână. După ce s-au urcat în mașină, de parcă ar fi dat ascultare unei voci interioare, au exclamat:

— Ahhh, ufff! Au respirat ușurate și au slăbit încordarea mușchilor.

— Vreau să te întreb ceva, a zis una din ele.

— Ce? a întrebat, la rândul ei, cealaltă, acum mai relaxată.

— Am avut impresia că unul dintre portrete semăna cu mine.

— Păi, adevărul e că și mie mi s-a părut că unul dintre ele îmi semăna.

— Ciudat, nu?

— Da, a răspuns prietena și a pornit repede mașina.

Pe drum, au rămas pe gânduri și, doar atunci când și-au luat rămas-bun, s-au pus de acord să meargă împreună când artistul le va chema să-și ia portretele.

În prima zi, a schițat chipul a șase persoane care au venit la atelier. Ultimii clienți au fost doi tineri birocrați care au trecut pe acolo și li s-a părut interesant să-și facă portretul în cărbune.

— Notați-vă numele și numerele de telefon fix în acest caiet și, când portretele dumneavoastră vor fi gata, am să vă sun, a zis, mergând spre ieșire.

Au păstrat tăcerea până au ajuns la locul de muncă. Doar atunci când s-au văzut în biroul lor, unul din ei a comentat:

— Auzi, mi s-a părut că am văzut portretul meu atârnat pe peretele din atelier.

— Și eu am avut aceeași impresie. Era unul foarte asemănător mie, a răspuns prietenul, cu oarecare surprindere.

A închis atelierul pe la 16:00. Restul după-amiezii și o parte din noapte s-a ocupat de detaliile fiecăreia dintre schițe.

A doua zi, foarte devreme, a pus anunțul și a așteptat vizita primului client. Soneria a zbârnâit pe la ora 9 dimineața.

Un bărbat îmbrăcat în negru a cerut să i se facă portretul. Chipul îi era sever și privirea glacială. Pictorul, fără să se ne-liniștească, i-a poruncit să ia loc și și-a început munca. Bărbatul privea cu dispreț portretele atârnate pe pereți, până când ochii lui s-au oprit pe unul dintre ele. Nu-i venea să creadă, acela era

portretul său. „Imposibil", gândi, privindu-l neîncetat, „am ve-
denii".

– Domnule, domnule, a auzit vocea pictorului care l-a obli-
gat cu tonul lui poruncitor să revină la realitate. Uitaţi-vă în
ochii mei!

A urmat în mod mecanic instrucţiunile, pentru că mintea
lui nu putea să iasă din uimire. După câteva minute, artistul îşi
încheie munca.

– Scrieţi-vă numele şi numărul de telefon în acest caiet.
Aşteptaţi să vă sun. Şi apoi l-a însoţit până la uşă.

A mers încet, îndepărtându-se de atelier, refăcând în minte
locul unde, chipurile, îşi văzuse portretul: în al doilea cerc din
galeria bărbaţilor. El era. Nu exista nicio îndoială, era chipul
său. „Sper să mă sune în curând", s-a gândit, agitat.

Toţi plecau impresionaţi de faptul că-şi văzuseră portretele
atârnate dinainte pe pereţi, dar niciunul nu reuşea să descifreze
misterul unei asemenea coincidenţe.

Timp de câteva zile, au pozat bărbaţi şi femei până când a
realizat 19 portrete din fiecare gen. Apoi... a închis porţile şi a
dat la o parte anunţul; trebuia să lucreze şi nimeni nu îi putea
întrerupe actul de creaţie.

Zilele treceau fără ca niciunul dintre cei cărora le făcuse
portretul să primească apelul telefonic mult aşteptat. Cei mai
nerăbdători au început să dea târcoale atelierului artistului, cu
speranţa de a vorbi cel puţin cu el. Totuşi, uşa rămânea închisă.
Cei mai îndrăzneţi au sunat la uşă, fără ca nimeni să răspundă
la chemarea lor. „Ciudat!" gândeau îndepărtându-se de atelier,
fără să înţeleagă absenţa unui răspuns. Nu înţelegeau nici ab-
senţa anunţului: AICI SE DESENEAZĂ PORTRETE ÎN CĂR-
BUNE. „Poate că a plecat în concediu", au zis unii. „Sau poate

a făcut un infarct şi a murit", a gândit cel mai pesimist dintre ei. Nu le rămânea altceva mai bun de făcut decât să aştepte. „Vă voi suna", spusese categoric.

La începutul celei de-a patruzecea zi, prima femeie căreia îi făcuse portretul primi un telefon: „Doamna Dolores... vă aştept la ora 6 după-amiază, vă rog să fiţi punctuală", a zis pictorul şi a închis. „Domnule... vă aştept la ora 6, să fiţi punctual." Şi tot aşa... La ora 6 după-amiază din ziua a patruzecea... cei 38 de oameni cărora le făcuse portretul s-au prezentat punctuali, să-şi primească fiecare tabloul.

Era o zi friguroasă de toamnă, întunericul câştigase teren în faţa luminii şi înserarea era plină de umbre...

În faţa uşii de la atelier, cei convocaţi aşteptau nerăbdători, privindu-se unii pe alţii, cu coada ochiului, de parcă s-ar fi temut să nu îşi trădeze emoţiile. Câteva şoapte s-au auzit când au văzut chipul artistului, în cadrul uşii: „Doamna Dolores", a zis acesta, privind grupul. „Da!" a răspuns femeia. „Intraţi!" a poruncit el. După trei minute, a apărut femeia cu un pachet în mâini, urmată de artist. „Domnul Raul", s-a auzit... şi tot aşa, unul câte unul au intrat, până aproape de ora 8 seara, când ultimul convocat a părăsit atelierul cu propriul portret împachetat într-un carton gros.

De parcă ar fi avut cel mai preţios cadou al vieţii lor, „cel aşteptat" dintotdeauna, fiecare dintre cei cărora le făcuse portretul, fără să mai privească în urmă şi în grabă, s-a îndepărtat de atelier. S-au auzit câteva şoapte, până când ultimul căruia îi făcuse portretul a părăsit cartierul Villa María, cu cartonul bine împachetat, sub braţ.

Când a rămas singur, pictorul s-a îndreptat grăbit spre atelier şi a dat jos repede cele 38 de portrete ca să le retuşeze cu frenezie, după care le-a așezat, din nou, la fel ca înainte. „Încă o dată", a zis, înainte de a se duce la culcare, schițând un zâmbet ușor.

Nerăbdători, de cum au ajuns la casele lor, cei 38 și-au deschis pachetele: au rămas perplecși de emoție, căci aveau în față propriile chipuri perfect schițate în cărbune.

Erau la fel ca ei, nu încăpea nicio îndoială, și, de asemenea, la fel ca cele pe care le văzuseră atârnate pe pereți... *sub formă de mandala.*

După ce au trecut aceste minute intense, fără să înceteze să admire perfecțiunea lucrărilor și, potolindu-și emoțiile, cu toții au observat că aceste chipuri erau reci și impersonale, de parcă le-ar fi lipsit viață... de parcă n-ar fi avut suflet.

Pentru cei cărora le făcuse portretul, acea noapte a fost una lungă și grea, căci, în timpul somnului, toți, respirând cu dificultate, în mod recurent, au văzut chipul îndrăzneț al pictorului schițând un zâmbet sarcastic.

De îndată ce s-a crăpat de ziuă, toți, ca și cum ar fi dat ascultare unor ordine superioare, și-au contemplat portretele, rămânând încă o dată uimiți de perfecțiunea desenului, dar nemulțumiți din cauza lipsei de viață... a lipsei de suflet.

Toți, fără excepție, zi de zi, petreceau ore întregi în fața portretelor lor, de parcă ar fi fost hipnotizați.

Pe măsură ce săptămânile treceau, modelele au observat că portretele dobândeau o strălucire ciudată în ochi, pe când cei desenați își pierdeau din energie. La început, cei mai slabi, în cele din urmă și cei mai puternici s-au îmbolnăvit grav, fără ca medicii să poată determina cauza șubrezirii sănătății lor.

Cei mai intuitivi au izbutit să spună doar că această indispoziție a început de când se duseseră să-și facă portretul.

Încet-încet, au slăbit din cauza febrei și a altor stări inexplicabile, căci, pe dinăuntru, le ardea sufletul.

La scurt timp, viața modelelor s-a stins, în timp ce ochii din portrete transmiteau o privire luminoasă și neobișnuită... privirea pictorului.

În cartierul Villa María sunetul de la sonerie l-a trezit pe artist din gândurile sale: „Un moment", a zis și a deschis ușa: „Îl caut pe pictor", a spus un domn distins... „Da, eu sunt", a răspuns pictorul. „Vreau un portret..." Și tot așa...

...Până când, într-o după-amiază, a sunat la ușa atelierului un bărbat cu aspect umil, având chipul delicat și privirea duioasă.

— Un moment, a răspuns aspru artistul. Nu primesc cerșetori, a zis văzându-l pe bărbat și i-a trântit ușa în nas.

Fără să se tulbure, bărbatul a sunat la ușă pentru a doua oară. La fel, artistul a răspuns fără să se obosească să deschidă ușa: „Nu primesc cerșetori".

Bărbatul a insistat pentru a treia oară.

— Ți-am zis că nu primesc cerșetori! a țipat pictorul, deschizând ușa cu putere și privindu-l pe bărbat cu dispreț.

— Am venit să-ți spun că... — a reușit să spună înainte ca ușa să se închidă cu violență, dinaintea privirii lui duioase.

De data aceasta, bărbatul s-a îndepărtat de atelier, fără să se întoarcă să privească în urmă. Un suspin de resemnare i-a ieșit de pe buze în timp ce privirea lui se înăsprea.

În noaptea aceea, în timpul somnului, pe pictor l-au chinuit chipurile acelor persoane pe care le *arsese*. Se învârtea în pat și trupul său asuda invadat de o căldură îngrozitoare, care, din ce în ce, devenea mai intensă. S-a trezit transpirat și a simțit și mai multă căldură, pe când, cu o privire uimită, a văzut prin fereastră cum limbi de foc se luptau să intre în camera lui. Când a deschis ușa, flăcările l-au înconjurat din toate direcțiile. Un țipăt disperat i-a ieșit din gâtul sufocat...

Pompierii nu au putut să stingă focul. Doar o parte din casă a rămas intactă, de parcă ar fi fost protejată de ceva sau de cineva: galeria.

Unul dintre pompierii care a privit uimit cele 38 de portrete atârnate pe pereți, va spune unui ziarist:

– Toți reflectau o privire duioasă... de pace profundă.

SFÂRȘIT

TREISPREZECE

LAGUNA PĂSĂRILOR SINUCIGAŞE

Unu

Trecuseră 20 de ani de când terminase facultatea de medicină, nu fără să îndeplinească mai întâi condiția obligatorie de a face așa-numita *medicină rurală* pentru a putea deveni doctor. Amintirile plăcute din perioada aceea îi erau încă vii în memorie...

Acum își exercita profesia într-un spital modern din capitală. Acolo, într-un cabinet comod, în timp ce admira, așa cum o făcea mereu, peisajul de munte care se vedea prin ferestrele mari, i-a venit ideea nebunească de a se duce într-un sat, ca medic rural. Ce-i drept, nimeni din spital – și cu atât mai puțin fosta lui soție și copiii – nu ar fi trebuit să afle de intenția lui, căci l-ar fi catalogat drept extravagant și ar fi încercat să profite de averea lui. Nu voia să aibă probleme cu nimeni. Cu atât mai puțin cu fosta lui soție, de care divorțase cu ani în urmă, acuzat de aceasta că *era incapabil să iubească.* „Nimic mai departe de adevăr", își repeta în mod constant, visând cu ochii deschiși, la o mare iubire.

Rutina lui zilnică era plină de consultații, operații și ședințe, astfel încât lunile și anii trecuseră *aproape fără să simtă,* după cum obișnuia să-i spună asistentei sale, doamna doctor Sonia.

Pe măsură ce zilele treceau, *ideea nebunească* puse stăpânire pe creierul lui până când a devenit o obsesie.

„Unde?" s-a întrebat după ce decizia a fost luată.

Cu o hartă turistică în față, într-o atitudine contemplativă, puse mâna pe o dardă[1], și o aruncă în direcția hărții: Juval. Hazardul alesese destinația experimentului său voluntar.

Juval, situat în inima munților Anzi, loc cu peisaje verzi-albastre și defileuri adânci care se termină cu râuri șerpuitoare și cu debite mari; densitatea nu depășea 900 de locuitori, dintre care mulți erau țărani cu puțină educație și vârstă înaintată. Izolat de povârnișuri abrupte și de prăpăstii imense, puține persoane îndrăzneau să-l viziteze, în ciuda frumoaselor sale împrejurimi.

Aceasta era scurta descriere pe care a citit-o Argus sub fotografia din ghidul turistic pe care îl cumpărase de la marea librărie „Cartea", din oraș. Fotografia reprezenta un sat cu piața și biserica sa, pe al cărui fundal apărea Vulcanul Chimborazo, înconjurat de imensul și verdele ținut andin.

După câteva zile, după ce și-a procurat hainele și echipamentele necesare și după ce și-a justificat absența de la spital, motivând un concediu mult așteptat, fără să spună nimănui unde se va duce, a părăsit marele oraș, în direcția satului Juval.

Voia să fie singur cu sine însuși, să mediteze asupra vieții sale și a celor 45 de ani ai săi... asupra reușitelor... a eșecurilor... și a speranțelor sale.

„Ah! Criza de la 45 de ani", l-au diagnosticat colegii când au aflat de absența lui neașteptată și mai ales, comentariile care se răspândiseră în legătură cu harta lui turistică, găsită de femeia

---

[1] DÁRDĂ, *darde*, s. f. (Înv.) Suliță scurtă, armată cu un vârf de oțel, pentru împuns sau pentru aruncat, folosită în Evul Mediu. Sursa: DEX '98 (1998)

de serviciu pe biroul celebrului chirurg, cu un cerc roşu care marca localitatea Juval.

Pe 3 septembrie, în zorii zilei, a luat direcţia sudului. Plănuise să se odihnească la Riobamba, înainte să înceapă călătoria spre „ţinutul ales"... de „suliţă". După ora 15:00 a ajuns în oraş, după ce se oprise câteva minute în marea rezervaţie a Parcului Cotopaxi şi luase prânzul la Ambato. Nu se grăbea. „La urma urmei, nu mă aşteaptă nimeni...", şi-a spus în sinea lui, în timp ce-şi pregătea patul pentru ultima odihnă confortabilă.

A pornit spre Juval de îndată ce s-a crăpat de ziuă. Responsabilul de la hotel l-a avertizat: „Aveţi grijă, domnule doctor, drumul este periculos. E mai bine să ajungeţi în opt ore decât în şase". „Mulţumesc, voi lua aminte", a răspuns Argus.

A ajuns după douăsprezece ore, pe la 5 după-amiază, căci, pe drum a făcut pană, apoi i s-a rupt un furtun şi a trebuit să-i facă *o mică operaţie jeep-ului său*, dacă e să vorbim în termeni medicali. Dar ceea ce i-a întârziat cu adevărat sosirea a fost faptul că s-a abătut pe la jumătatea drumului.

Din cauza acestei abateri a fost de faţă la sosirea păsărilor sinucigaşe. Un stol de păsări frumoase şi colorate, numite *gligle[1]*, care, în formaţie perfectă, ca o săgeată, se năpusteau în picaj spre adâncimile unei lagune, punându-şi capăt vieţii. „Ce frumoase!", avea să şoptească privind cu emoţie sinuciderea colectivă. „Ah, legile necruţătoare ale naturii", s-a gândit, stând jos pe marginea lagunei, privindu-i apele.

În Juval, începând de la 15:00, bărbaţii din sat veneau unul câte unul la singura cârciumă, loc de întâlniri şi taifasuri zilnice.

---

[1] *Gligle* – păsări migratoare (călătoare), cunoscute ca şi cuvivi.

În acele momente ale serii, o linişte magică invada locul, întreruptă doar de sunetul tocurilor unei femei care traversa piaţa şi pe care toţi localnicii o urmăreau cu privirea, fără să scoată o vorbă, înclinând capul în chip de salut, până când silueta femeii şi sunetul paşilor ei se pierdeau în spatele pomilor de la capătul piaţetei; acest preludiu anunţa începerea discuţiilor, care, desigur, se învârteau în jurul frumuseţii şi supleţei *soţioarei lui Esteban,* spiţerul, fiul bătrânului croitor, bărbat simplu, dar respectat de lumea din satul Juval.

Ea, cu o siluetă deosebită şi o frumuseţe atrăgătoare, ieşea din contextul satului. De când era mică şi-a câştigat simpatia localnicilor. Au avut grijă de ea de parcă ar fi fost un înger căzut din cer. Mama ei, cu trăsături fine şi ochi negri, profunzi, era portăreasa şcolii. Nimeni nu l-a cunoscut niciodată pe tatăl ei. Toţi bănuiau că se îndrăgostise de un turist european, dintre cei care străbat ţara în căutare de insecte şi păsări şi care, cu ani în urmă, apăruse prin sat. La puţine săptămâni după aceea, dându-şi seama de absenţa naturistului, s-a căsătorit cu profesorul de la şcoală. Nimeni nu a comentat ceva referitor la trăsăturile fetei profesorului şi a portăresei.

De mică, Sacha, dotată cu duioşie şi o inteligenţă ieşită din comun, a câştigat afecţiunea sătenilor. Nu a ştiut ce e acela egoismul, nici invidia, şi aşa şi-a petrecut viaţa pe acele frumoase meleaguri. Până când, pe la vârsta de 20 de ani, fiul croitorului i-a cerut mâna, care i-a fost acordată ca un fapt firesc. Întreg satul a sărbătorit cu surle şi trâmbiţe. Trei zile de băutură, dans şi veselie, după cum obişnuiau să sărbătorească locuitorii din ţinuturile muntoase. Apoi s-a lăsat liniştea şi a început munca grea...

Lipsa de evenimente a intervenit din nou în viaţa de zi cu zi a satului, invadând inimile şi minţile locuitorilor săi. În mijlocul acestei rutine zilnice, într-o seară de septembrie, când localnicii se adunau înăuntrul sau în afara cârciumii, au auzit mai întâi motorul şi apoi au văzut cu uimire un jeep, care a tras pe dreapta la intrarea în piaţa mare, în faţa singurei cârciumi a satului. Bărbaţii l-au privit curioşi, fără să îi înţeleagă neaşteptata prezenţă în acest sat izolat de munte.

Cu calm şi cu experienţa însuşită în ceea ce priveşte medicina rurală în relaţia cu ţăranii, Argus s-a dat jos din maşină, şi-a scuturat praful de pe haine şi a înaintat cu pas lent spre cârciumă:

— Bună seara! a zis cu voce răsunătoare.

— Bună seara! au răspuns la unison bărbaţii din sat.

— Îmi permiteţi? a întrebat arătând spre un scaun gol.

— Da, domnule, a răspuns cel mai bătrân din grup.

— Doriţi să beţi ceva? l-a întrebat în continuare acelaşi bărbat.

— O Coca-Cola foarte rece, a răspuns Argus, schiţând un zâmbet. Mulţumesc, a zis înainte de a bea cu lăcomie. Gâtul îi era uscat, căci înghiţise destul din praful dens care se ridicase pe drumul de ţară. După ce a băut jumătate de sticlă, l-a întrebat pe acelaşi bătrân:

— Există vreun loc unde aş putea sta în gazdă?

— Am o cameră disponibilă, a răspuns acesta.

— O, ce bine! a exclamat Argus, arătându-şi dinţii albi şi îngrijiţi.

— Cât vrea să stea domnul? a întrebat bătrânul.

— Câteva zile, poate o săptămână, vom vedea, a răspuns privind orizontul care începea să se întunece, căpătând culori argintii metalice. Mulţumesc, a spus ridicându-se şi îndreptându-se spre jeep-ul său.

Nimeni nu a spus nimic. Îl priveau cu teamă, nescoţând vreun sunet. Nu erau obişnuiţi ca un astfel de bărbat să vină în sat şi să rămână câteva zile... fără un plan concret. Era atât de diferit faţă de ei, încât nu au îndrăznit să-i pună mai multe întrebări. În orice caz, aveau să cunoască mai încolo motivele prezenţei sale. Ei ştiau că timpul le va da toate răspunsurile.

Un rucsac mare şi un geamantan mic, de mână, constituia întregul său bagaj. Nimeni nu s-a clintit să-l ajute. Nici el nu a cerut sprijin. „Urmaţi-mă!" a spus bătrânul, intrând în local. Era un spaţiu îngust, iar în capăt o scară de lemn i-a condus la etaj. A deschis uşa unei camere neaşteptat de mare, dotată cu un mobilier simplu: un pat, două scaune, o măsuţă şi o comodă.

„Nu-i rău", s-a gândit Argus, punându-şi lucrurile pe pat. S-a apropiat de fereastră şi a privit încă o dată orizontul care se întuneca repede. Şi-a îndreptat ochii către biserică, în josul tindei, pe jumătate luminată, unde i s-a părut că vede silueta unei femei care privea spre cârciumă, exact spre fereastra de unde el observa împrejurimile. A închis ochii pentru o clipă cu intenţia de a-şi limpezi vederea şi când i-a deschis, silueta dispăruse. Oare ochii îl înşelaseră? „Oboseala şi praful", a şoptit în sinea lui.

„Noapte bună", l-a auzit spunând pe bătrân şi uşa s-a închis cu putere.

„Noapte bună", a zis fără să se întoarcă, cu ochii pironiţi asupra tindei bisericii.

La scurt timp, un vânt rece a început să sufle prin sat, copacii se înclinau la trecerea lui; şuieratul lui răzbătea prin geamuri. Bărbaţii adunaţi la cârciumă au plecat în diferite direcţii, cu pas

grăbit, unii chiar au alergat spre casele lor. Piaţa şi împrejurimi-
le ei au rămas complet goale... satul se pregătea de culcare.

O burniţă uşoară, asemenea unei mantii de mătase, acope-
rea peisajul nocturn.

De la fereastră, Argus contempla cu admiraţie romanticul
tablou: „Frumos loc unde să rămân!" a murmurat din adâncul
sufletului.

Cât timp a durat visarea, liniştea i-a invadat mintea. A putut
chiar să asculte şi bătăile uşoare ale inimii lui. Pentru o clipă
chiar i s-a părut că timpul şi spaţiul încetau să mai existe... Nu
avusese niciodată un sentiment atât de intens. La un moment
dat, în timpul nopţii, trezindu-se, a avut impresia că vede silue-
ta aceleiaşi femei, care se oprea pentru câteva secunde în mij-
locul pieţei, continuând apoi s-o străbată cu pas grăbit. „E
imaginaţia mea", şi-a spus. Fără să îl intereseze cât era ceasul, a
aprins lumina, căci stătuse cu ea stinsă. A citit ceva de Mircea
Eliade şi apoi a căzut într-un somn adânc.

De dimineaţă, fredonând *La notte etterna* de Emma Shapplin,
cântăreaţa lui preferată, privea pe fereastră cum se crăpa de
ziuă, în acest sat îndepărtat unde îl adusese hazardul... Un sat
care, la lumina zilei, îşi arăta lipsurile şi vechimea. Câţiva plu-
gari grăbiţi, cu uneltele lor, mergeau spre locurile de arat, în
timp ce un soare strălucitor le lumina trăsăturile aspre... Acolo,
în faţa ferestrei, a stat mult timp; prin mintea lui au trecut o
mulţime de amintiri care, încet-încet, s-au risipit în aer, pe
măsură ce se scurgeau minutele... Revenindu-şi din visare, chiar
în clipa în care pleca de la fereastră, cu pas ferm şi eleganţă
senzuală, o tânără femeie trecea prin piaţetă în direcţia hanului.
S-a frecat la ochi, crezând că e vorba de o himeră frumoasă...
dar o himeră... însă şi-a dat în curând seama că era vorba de

chipul unei femei pe care o văzuse în seara venirii sale. O rochie de mătase de un albastru-deschis, strânsă pe trup, îi scotea în evidență silueta zveltă, în mijlocul dimineții... Părul bogat, șaten-deschis, îi cădea neglijent pe umeri, strălucind în lumina razelor de soare încă reci. Ochi întunecați și neliniștiți se distingeau pe fața ei ovală care, împreună cu un nas cârn și buze cărnoase de culoare roșu aprins alcătuiau chipul ale cărui trăsături erau de o armonie rar întâlnită. Pielea ei albă, lucioasă și tânără emana vigoare și sănătate...

„Aici, o astfel de femeie?" s-a întrebat intrigat.

S-a îmbrăcat și s-a încălțat cât a putut de repede. Trebuia să vadă despre cine era vorba. Împiedicându-se, aproape căzând pe burtă, pe scări, a ajuns jos în momentul în care ea intra pe ușa hanului. „Bună ziua, don Gabo", a zis cea mai senzuală voce pe care o auzise în toată viața lui. Ochii lui au rămas pironiți asupra siluetei femeii. Inima i-a pompat sângele cu putere și pulsul i s-a accelerat și mai mult când i s-a adresat și lui cu un glas puțin cam surprins: „Oh! Bună ziua, domnule", aruncându-i și un zâmbet. „Bună ziua", a reușit să răspundă, privind-o extaziat pe atrăgătoarea femeie. „Turist?" a întrebat aceasta adresându-i-se. „Cam așa ceva", a răspuns Argus, revenindu-și în fire, ca un bărbat obișnuit să înfrunte tot timpul legile vieții și ale morții. O mână delicată, dar fermă, a apucat-o pe cea a expertului chirurg. Trupul lui s-a înfiorat, de parcă un fin curent magnetic i-ar fi atins nervii. „Sacha", a auzit-o spunând pe femeie. „Argus", a răspuns. „Ce vă aduce prin aceste locuri?" a întrebat. „Frumusețea acestor meleaguri", a răspuns, în timp ce primea proaspăta răsuflare a respirației ei, direct în față. Pupilele ochilor i s-au mărit, a simțit chiar că zboară... Milioane de particule hormonale i-au pătruns prin nări în creier, fără ca simțurile lui să le perceapă... Inima i-a bătut repede, mult mai repede față de ritmul său normal; presiunea arterială i-a crescut într-un mod ieșit din comun; trupul său a căpătat o neprevăzută forță musculară; sângele i s-a umplut de oxigen. A simțit o creștere a adrenalinei în sânge... organismul lui începuse să fiarbă.

„Fiți bine venit", a spus tânăra cu aceeași voce senzuală. „Mulțumesc", a răspuns fixându-și privirea în ochii cenușii, profunzi ai Sachei, încercând să-i pătrundă gândurile. Ea și-a întors fața spre proprietarul localului și i-a semnalat: „Don Gabo, soțul meu vă așteaptă la ora 15:00", accentuând *soțul meu* și privindu-l cu coada ochiului pe Argus, de parcă ar fi așteptat să-i vadă reacția. Întorcându-se, a părăsit localul, nu înainte de a-și lua rămas-bun cu o replică îndrăzneață: „Pe curând, Argus" și una solemnă: „La revedere, don Gabo".

Totul s-a petrecut așa de repede încât, după câteva minute, lui Argus i s-a părut că totul fusese rodul imaginației sale. Totuși, cuvintele lui don Gabo confirmau cele petrecute: „Ah, Sacha asta. Dat fiind că este răsfățata satului, totul i se permite. Scuzați-o, domnule Argus". „Pentru ce?" a întrebat el, schițând un zâmbet de parcă ar fi fost fermecat, în timp ce sângele îi fierbea la fel ca o oală pe foc...

Doi

I-a luat aproape toată ziua să cunoască satul. Apropo, s-a dovedit a fi mai mare decât indicau hărțile. Juval era înconjurat de defileuri imense și un arc de râuri abundente și agitate, care confereau acelui loc un aspect de vis andin.

Ţinuta lor i-a atras atenţia asupra celor cu care s-a întâlnit întâmplător în timpul plimbării sale de recunoaştere. Obosit, dar fericit, pe la şase seara, în timp ce mânca, a apărut femeia care se cuibărise într-un colţişor al minţii sale. „Ce faci, Argus?" a zis şi, fără să aştepte răspuns, a continuat: „Ţi-a mers bine?" „Da, mulţumesc", a răspuns ridicându-se grăbit şi puţin emoţionat. „Bine, plec, văd că eşti obosit", a spus întinzând mâna, în faţa privirilor mute ale bărbaţilor din sat care obişnuiau să treacă pentru câteva clipe pe la cârciumă înainte de a se retrage la locuinţele lor. „Noapte bună", a zis Argus, cu inima cât pe-aci să-i sară din piept.

Şi-a pironit ochii asupra spatelui ei, la fel ca toţi ceilalţi, pe când ea ieşea: „O, ce frumoasă e!" Cu imaginea Sachei stăruindu-i în minte, Argus şi-a luat rămas-bun cu voce tare de la toţi cei prezenţi şi s-a retras în camera lui.

Acolo, puţin mai liniştit, a făcut câteva notări într-un carneţel, înainte de a se culca, cu un stilou franţuzesc, cadou de la un prieten scriitor. „Şi creionul?" s-a întrebat. A privit încă o dată pe fereastră, în căutarea femeii care se cuibărise deja în inima lui tulburată. Satul era pustiu şi tăcut. Doar urletul unui câine întrerupea tăcerea. Întunericul pusese stăpânire pe acel ţinut...

Din creierul său, imaginea femeii i-a însoţit somnul în acea noapte, chiar a avut impresia că îi simte prezenţa în pat, lângă el. De dimineaţă, în timp ce lua micul dejun şi gândindu-se întruna la Sacha, aceasta a apărut la han, la fel ca în ziua precedentă. Zâmbetul şi privirea ei au înduioşat încă o dată inima lui Argus.

„Bună ziua, Argus", a zis cu o voce cântătoare şi cu deplină încredere. „Bună, Sacha", i-a răspuns, privindu-i ochii. „Ce faci azi?", a întrebat ea cu naturaleţe. „Am de gând să străbat împrejurimile." „O!" a spus Sacha și, așezându-se lângă el, i-a aruncat o privire sugestivă.

Inima lui a bătut mai repede văzând-o pe Sacha atât de aproape. Doar după câteva secunde, și-a venit în fire și a conchis: „Bine, e timpul să plec". „Desigur", a răspuns ea cu un frumos zâmbet desenat pe buzele sale cărnoase și proaspete. „Ai nevoie de ceva?" a întrebat plină de bune intenții. „Nu, mulțumesc. Acum trebuie să-mi pregătesc rucsacul", a răspuns, de parcă ar fi încercat să se elibereze de vrajă. „Pe curând", și-a luat ea rămas-bun, întinzându-i mâna. Contactul cu mâna delicată dar fermă a Sachei i-a cutremurat toți nervii, transmițându-i mii de senzații senzuale. Senzații care aveau să rămână întipărite în acel colț al minții sale care începuse să arhiveze amintirile al căror cod era: Sacha.

Pe când el urca scara, Sacha a rămas la piciorul acesteia, cu un zâmbet ciudat pe buze și o privire tristă, ca și cum ar fi presimțit că nu avea să-l mai revadă.

Dotat cu un mic rucsac și un baston de aluminiu, a părăsit satul. A urcat pe primul munte care i s-a arătat în cale. „La urma urmelor, nu trebuie să respect niciun itinerar", s-a gândit la un moment dat pornind în acea aventură. Își propusese să se recreeze contemplând acele frumoase meleaguri andine, să-și oxigeneze sângele cu acel aer unic și pur și să fugă de viața urbană și de rigorile sale constante. A mers toată ziua, la pas alergător. Voia, de asemenea, să-și verifice rezistența musculară și voința. Ochii lui priveau peisajul, dar o parte din gândurile sale era în alt loc: la han, și într-un alt timp: dimineața în care a cunoscut-o pe Sacha...

Orele treceau rapid în timp ce gândurile i se opreau asupra imaginii femeii care acum sălășluia în mintea lui definitiv. Pe la asfințit, în ciuda stării sale fizice excelente, a simțit oboseala după o zi grea, pe care el însuși și-o impusese. Se îndepărtase prea mult de sat și orice încercare de a se întoarce avea să-l conducă spre o posibilă rătăcire. Privind în jurul lui nu a găsit decât imensa singurătate a peisajului rustic, dar atrăgător. Un fior rece i-a străbătut spatele. Nu se vedea niciun suflet prin apropiere. A grăbit pasul și, aproape alergând, a încercat să facă cale-ntoarsă pe drumul străbătut. Broboane de sudoare i-au inundat fruntea. Respirația i-a devenit agitată. Bătăile inimii i s-au accelerat. Oboseala punea stăpânire pe el din ce în ce mai mult. A reușit să zărească o luminiță, în depărtare: „În sfârșit!" a murmurat ușurat, fără să ia în considerare faptul că la țară distanțele, aproape întotdeauna, sunt mai mari în comparație cu percepția imediată a unui orășean, vizitator ocazional. Într-adevăr, lumina pe care a zărit-o era foarte, foarte departe... și nu „la o aruncătură de băț", după cum obișnuiește țăranul andin să răspundă.

Mintea omului concepe iluzii când suferă și astfel se naște speranța, și realitatea se modelează după idei, emoții și sentimente în favoarea necesității.

După ce a mers mult pe scurtături și poteci, nu s-a apropiat de lumina salvatoare, ci, din contră, se îndepărta din ce în ce mai tare. Noaptea avansa și, odată cu ea, și extenuarea. La un moment dat, a strigat: „Eeeeaaa!" fără ca strigătul lui să primească vreun răspuns. Era singur, s-a simțit singur și s-a oprit din mers. Trebuia să se liniștească. S-a lăsat să cadă pe povârniș, până când s-a lovit de o movilă mică și s-a oprit. A rămas așa timp îndelungat, slăbit, fără putere, epuizat. Ochii i s-au închis, oboseala și somnul au pus stăpânire pe mintea lui, a adormit timp de câteva minute bune; un somn cu tresăriri și tremurături... Vântul înghețat a străbătut muntele. În mijlocul nopții, aproape congelat din cauza frigului, un zgomot ciudat l-a trezit. S-a ridicat cu greu. S-a temut pentru viața lui, căci locurile părăsite sunt mai mereu ținutul fiarelor și al lighioane-lor. Înarmându-se cu putere, a strigat în mijlocul nopții, în caz că vreun țăran i-ar fi auzit chemarea. Nimic. Liniște absolută... Cu ultimele puteri, a mers în jos pe povârniș. Trebuia să găseas-că un reper, ceva de unde să pornească în căutarea unui adă-post și să-și petreacă acolo restul nopții. Dar întunericul nu-l ajuta, era negru și rece. „Ce prost am fost", s-a gândit în timp ce cobora povârnișul în zig-zag, cu grijă. Ca un bun chirurg, își recăpăta calmul, căci și-a dat seama că acela era singurul sprijin pe care se baza: autocontrolul. „Auuu!" a exclamat când o pasăre cu aripi mari a traversat aerul înghețat, în zbor rapid, foarte aproape de el, agitând tăcerea neagră a nopții, ceea ce l-a dezorientat și a căzut alunecând pe povârniș. S-a rostogolit până când s-a izbit de o rocă, rămânând inconștient.

La primele ore ale dimineții, încă sub delicatele umbre ale zorilor, ca un balot rece și greu, Argus era cărat de o țărancă aspră, cu ajutorul unui atelaj tras de animale bătrâne și slăbă-noage. „Dii, diii!" poruncea femeia. O targă improvizată era vehiculul care transporta trupul fără vlagă al lui Argus spre umila locuință a celei care îl salvase. Inconștient încă, trupul său nu simțea zdruncinăturile scurtăturii pe care țăranca hotă-râse să o urmeze și care-i rănea fără milă oasele și îi biciuia pielea julită.

Aveau să treacă multe zile și multe nopți până ce Argus să-și vină în fire. Nopți de febră și coșmaruri... Și câteva săptămâni până să-și refacă forțele, în ciuda faptului că era hrănit și îngrijit cu mâinile blânde, dar bătătorite ale salvatoarei lui, și alte câteva săptămâni până când avea să-și recupereze cunoştinţa deplină. Mintea lui hoinărea prin trecut şi prin prezent într-un mod anacronic şi dezordonat, confundând intervalele temporale, situaţiile, fără să reuşească să-şi consolideze şi să-şi lămurească gândurile. Niciuna dintre imaginile şi amintirile care i-au străbătut memoria confuză nu i-a mişcat vreunul dintre muşchii încă suferinzi, dar, când într-un colţişor al minţii sale apăreau imagini cu Sacha, trupul i se înfiora şi muşchii îi tremurau provocându-i o durere, o durere dulce... într-atât încât privirea lui se lumina de bucurie.

Trecuseră deja cinci săptămâni când trupul lui a început să se vindece datorită forţei sale şi, bineînţeles, a îngrijirilor primite de la femeia care l-a găsit într-un hal fără de hal în defileu.

Dolores, căci aşa o chema pe „infirmiera" care i-a purtat de grijă, trăia singură şi izolată de tot şi de toate. Familia ei o respinsese pentru că a îndrăznit să se îndrăgostească de un străin şi să-l dispreţuiască pe Pablo, cel ales de părinţii ei, un ţăran tăcut şi muncitor. Începând din acel moment, Dolores a avut parte în viaţă numai de nenorociri şi bătăi de joc. Cu toate acestea, ea a suportat totul cu resemnare şi stoicism. În adâncul inimii ştia că într-o bună zi va apărea „bărbatul visurilor ei", poate un alt turist, şi mai ştia şi că, din acel moment, va fi al ei, va fi prizonierul ei din iubire.

Trecuseră câţiva ani de când amantul ocazional o lăsase îndrăgostită şi însărcinată. Spre norocul ei, nimeni nu a aflat despre situaţia aceea dramatică; în caz contrar, părinţii ei şi întreaga comunitate ar fi repudiat-o şi chiar ar fi ucis-o, căci, în aceste ținuturi din Anzi, onoarea familiei era mai importantă decât dragostea.

Într-o noapte, fără să existe vreun martor, în afară de frumoasa lună care lumina acea parte a muntelui, Dolores, cu un cuțit în mână și cu ochii plini de lacrimi, dar având hotărârea acelui neam care s-a luptat pentru a supraviețui ani de-a rândul, a întrerupt dezvoltarea vlăstarului provenit din dragostea ei ascunsă, dar sinceră. Știa, fără îndoială, că ar fi fost respins de familia ei și de rigidele obiceiuri ancestrale. Dolores și-a înfipt cuțitul și a simțit că-și mutila trupul și inima. Un strigăt de durere a întrerupt liniștea nopții andine. Niciodată nu avea să mai fie aceeași...

Îi rămânea doar încrâncenarea de războinică din strămoși pentru a suporta pierderea, fără ca tristețea să o părăsească pentru multă vreme...

Amărăciunea de pe chipul ei a îmblânzit furia și respingerea părinților ei care au decis să-i dea o bucată de pământ la baza unuia dintre marile defileuri, departe de sat, și să o îndepărteze de comunitate.

Cu propriile mâini și fără ajutorul nimănui, a construit un cămin modest și a arat pământul. Nu-și dorea mila cuiva, căci, în ciuda tuturor lucrurilor, orgoliul de femeie era neatins. Inima ei frântă nu avea vină. Ceea ce făcuse, făcuse din iubire. De mică a învățat la școală și, mai ales, în viață: nimeni nu trebuie să se simtă vinovat că iubește cu pasiune și, cu atât mai puțin, dacă acea iubire... izvorăște din suflet.

Câțiva ani mai târziu, inima ei sau partea care a supraviețuit era împietrită din cauza singurătății și a lipsei de iubire.

Cu toate acestea, în multe nopți interminabile visa că o ființă ieșită chiar din munți, un zeu al defileului, un zeu al râului va veni la casa ei și va locui cu ea pentru totdeauna... vise care îi umpleau ochii de lacrimi și îi întristau privirea, acum umbrită din cauza singurătății.

Viața în izolare i-a întărit mintea și trupul, transformând-o într-o adevărată moștenitoare a strămoșilor care au locuit cu secole în urmă pe aceste frumoase meleaguri și care au format imperii și civilizații, acum reduse din cauza umblatului de colo-colo și a coloniilor prădătoare, însă fără să poată lua frumusețile naturale cu care pământul i-a răsplătit pe oamenii din Anzi.

Mâinile i s-au bătătorit, dar nu și partea vie a inimii ei...

Nimeni nu o vizita; o dată pe an, părinții îi trimiteau suveniruri de la petrecerile care aveau loc în sat, în onoarea sfinților creștini și a unor zei uitați de timp și de cărți.

Rareori, când îi era dor de sat și de oameni sau din necesitatea de a face rost de câteva alimente indispensabile, își acoperea chipul și se ducea în sat la lăsarea serii, când toți se strângeau pe la casele lor și singurătatea invada acel loc. Nu se auzea nici vocea, nici pasul vreunui localnic. Excepție făcea hanul, unde bărbații jucau cărți sau comentau despre politică, lucruri pe care de-abia reușea să le înțeleagă, căci inteligența ei depășea răutatea și cinismul politicienilor de serviciu, cu ambițiile și josniciile lor dintotdeauna, cu excepția, firește, a vreunui patriot.

Ca să sosească pe înserat în Juval, Dolores grăbea pasul, căci făcea cam cinci-șase ore, în funcție de drum, dacă era uscat sau ud. În caz contrar, ajungea prea târziu ca să mai audă voci, chiar dacă acestea erau ale acelorași bărbați și autorități ale satului, voci care i-au rămas întipărite în memorie.

Era un spion tăcut care simțea nevoia să asculte glas de om ca să-și mai amăgească imensa singurătate... și apoi să se întoarcă la căminul ei, fără ca rutina „escapadelor" sale să aibă ceva diferit, căci vocile erau aceleași, mereu aceleași. Se ascundea în noapte, așteptând dimineața ca să cumpere câteva merinde de bază de la magazinul unde vindea Antonio. Sare, zahăr, lumânări, chibrituri și orez erau cele cinci produse pe care Antonio le punea într-o plasă, de fiecare dată când o servea pe Dolores, în timp ce o privea cu ochii lui limpezi și inima îi bătea înflăcărată, la fel ca a ei. Două suflete care căpătaseră aceeași rezonanță...

Într-una dintre „escapadele" ei a fost suprinsă să audă o voce diferită. Cea a unui bărbat care nu era de prin preajma locului. Vocea lui era manierată și delicată. „Un turist", a șoptit Dolores cu tristețe și bucurie, amintindu-și de iubitul ei trecător. Amintirile, în loc să o descurajeze, au împins-o spre han. Imediat și-a imaginat chipul lui Argus și partea vie a inimii ei a fost copleșită de emoție. Aceeași emoție pe care o simțise când l-a cunoscut pe amantul ei efemer, pe care l-a iubit și căruia i s-a dăruit cu toată ființa ei. Protejată de întuneric, ascunsă în spatele unuia dintre pereții localului, timp de câteva minute a privit chipul lui Argus cu o emoție înfrânată de ani de suferință și izolare, în timp ce prin minte îi treceau idei ciudate cu privire la dragostea veșnică și viața deplină. S-a văzut alături de el, cultivând pământul și iubindu-l... pentru totdeauna. Singuri, amândoi, până la sfârșitul lumii...

Pe când visa cu ochii deschiși, a privit neîncetat atmosfera și oamenii, pe unii dintre ei i s-a părut că îi recunoaște, din acele câteva ocazii în care mama ei a dus-o în sat, căci trăiau departe de Juval și lumea ei din copilărie era cea din apropierea micului cătun. În acel moment a reușit să vadă silueta unei femei, o femeie tânără și frumoasă, care vorbea cu „turistul" și îi întindea mâna. Nu-şi amintea să o fi văzut vreodată în viaţa ei.

A fugit când a auzit paşi, paşi uşori de femeie pe tocuri. Era tânăra care părăsea localul.

În mintea ei, într-un colţ, au rămas întipărite chipurile „turistului" şi cel al Sachei...

În noaptea aceea a dormit cum nu o mai făcuse niciodată până atunci, cu un zâmbet neaşteptat pe buze...

Trei

La două zile după dispariţia lui, locuitorii din Juval au început să se întrebe de „turist". Proprietarul hanului ţinea închisă cu cheia camera doctorului, păzindu-i lucrurile. I s-a părut un tip important şi nu voia să aibă probleme pe viitor. „Aşa sunt orăşenii ăştia", s-a gândit la un moment dat. Sacha, în mod neobişnuit, l-a vizitat pe don Gabo, şi pe ocolite, a întrebat de Argus. În Juval vizitatorii erau atât de rar întâlniţi încât dispariţia doctorului a devenit ştirea şi subiectul la ordinea zilei în comentariile sătenilor. A treia zi, primarul a alcătuit un grup de căutare cu câţiva voluntari şi cu poliţistul ţinutului, Alfredo, un om simplu, dar cu abilităţi de cercetaş, născut chiar acolo, în Juval. După ce decizia a fost luată, foarte de dimineaţă, aşa cum obişnuiau să-şi înceapă munca, cinci oameni călare însoţiţi de trei câini au pornit în căutarea doctorului. Au străbătut munţi şi defileuri timp de câteva ore. Doar o dată s-au oprit ca să mănânce. Oameni de puţine cuvinte, au redus comunicarea dintre ei la semne, gesturi şi priviri. Puţinii ţărani care i-au văzut căţărându-se pe munţi şi scrutând văile nu au dat semne de apropiere. Erau oameni neîncrezători, chiar sălbatici, care intenționat își întorceau privirea concentrându-și atenția asupra muncii lor când grupul trecea pe lângă ei. Niciunul nu a întrebat nimic. Ca și cum pe chipurile lor ar fi plutit întrebarea și nu mai era nevoie să vorbească. Nici nu era nevoie să primească răspunsuri. Atitudinea oamenilor era cel mai bun răspuns. Gesturile și privirile spuneau totul... sau aproape totul.

Când se lăsă seara și frigul le pătrunse până în oase, obosiți și înfometați, cu puțin înainte de a traversa proprietatea lui don Eche, un țăran blajin și generos, care își dădu acordul doar din priviri, au pornit călare spre casa acestui bărbat, în căutare de găzduire. Lătratul câinilor l-a alertat pe stăpânul casei, care, cu pușca în mână, a strigat cu voce rägușită: „Cine-i acolo?" Neprimind vreun răspuns, omul a tras un glonț în aer, ca un avertisment. „Eu sunt! Ei, drace!" a strigat don Pedro cu o furie înfrânată. „Oare ai orbit?" l-a mustrat aspru, deși puțin mai calm. „O, dumneavoastră sunteți, don Pedro, scuzați-mă!" a zis don Eche cam speriat. „Ce vă aduce pe aici?" „Deocamdată, nevoia de găzduire", a răspuns don Pedro îndulcindu-și vocea. „Desigur, cu plăcere", a zis țăranul cu un sincer devotament. „O mâncare bună, un ceai, pentru frig", a subliniat apoi șmecher, frecându-și mâinile. „Da, mulțumesc", a spus cel mai tânăr, cu oarecare afectare. Au legat caii de trunchiul unui chiparos și, ștergându-și transpirația și scuturându-se de praf, au intrat în locuința lui don Eche. Clădirea era mare și spațioasă, cât pentru a caza familii întregi. Don Eche moștenise de la părinții lui terenuri întinse și multe bovine; nu orice fel de vite, ci „de rasă", după cum obișnuia el să trâmbițeze, câțiva porcușori și miei și, bineînțeles, duzini de găini cu respectivii lor cocoşi. Era un bărbat norocos şi premiat de viaţă. „De-aia sunt om de treabă", obişnuia să spună, cu orgoliul omului de la ţară.

Au mâncat şi au băut până s-au săturat. „Încă o înghiţitură şi, la culcare", a poruncit don Pedro, bărbat obişnuit să poruncească şi să fie ascultat. Nimeni nu voia să-l înfurie. Şi-au băut ultima înghiţitură şi s-au dus în camerele lor să se odihnească.

A doua zi dimineaţă, grupul a părăsit proprietatea lui don Eche. „Mulţumim", a spus cu voce tare don Pedro îndemnându-şi calul. „Dumnezeu să vă răsplătească", au zis toţi, dând pinteni.

Căutarea le-a luat câteva zile, au ajuns chiar şi la Laguna păsărilor sinucigaşe... Unul dintre ei a găsit un creion şi, imediat, Alfredo, poliţistul, a dedus că doctorul fusese acolo. Era un creion diferit faţă de cele pe care le vindea don Jaime, în librăria lui. Un zâmbet uşor a apărut pe buzele lui don Pedro când Alfredo a scos o învelitoare de hârtie şi, punând creionul în buzunarul de la cămaşa sa, a zis: „Indiciul numărul unu", cu un oarecare aer de detectiv din filmele americane, care, apropo, erau preferatele lui, căci nimeni nu-l învăţase arta investigaţiei poliţiste, cu atât mai mult a celei de detectiv. Îşi dobândise cunoştinţele odată cu trecerea timpului, văzând acele pelicule, pe lângă intuiţia lui naturală şi interesul de a descoperi tot felul de chestii. Rezolvarea unor cazuri devenise obiectivul vieţii sale, bineînţeles, pe lângă datoria lui publică.

Au profitat de frumuseţea şi liniştea acelor ţinuturi ca să se odihnească şi să se bucure de splendoarea lagunei. O încântare a naturii, natură pe care aceşti oameni o respectau ca pe propria mamă. Fiecare dintre ei, cufundat în gândurile sale, a rămas tăcut minute îndelungate până când au fost întrerupţi de un stol de păsări care, în perfectă organizare, şi-au luat zborul spre oglinda apei, pierzându-se în adâncurile ei, fără ca din ciocurile lor să iasă vreun sunet.

— Sunt *gligle*, a zis don Pedro făcând pe atotştiutorul.

O moarte silenţioasă a înfiorat inimile bărbaţilor care priveau cu uimire şi admiraţie felul în care păsările ascultau porunca naturii.

Deosebite în comparaţie cu fiinţele umane care nu acceptă acele legi, ci luptă în fiecare zi împotriva lor şi, bineînţeles, suferă consecinţele.

E inevitabil... în timp ce meditau la ceea ce se întâmplase, toţi s-au gândit pentru câteva clipe la modul şi momentul în care moartea avea să-i surprindă... În faţa minunatei şi tristei sinucideri a păsărilor, ochii bărbaţilor s-au întunecat şi unul dintre ei chiar a plâns în tăcere, ascunzându-şi chipul de ruşine, căci un bărbat de la munte nu trebuia să verse lacrimi.

După această profundă experienţă emoţională, pe care fiecare avea să şi-o amintească în felul său odată cu trecerea timpului, don Pedro, impresionat de ceva ce inima lui nu putea explica, a hotărât să se întoarcă în satul său. „Ne întoarcem acasă!" a poruncit cu voce fermă. Şi-au încălecat caii şi cu pas iute s-au îndreptat spre Juval.

Nimeni nu a vorbit pe drum. Toţi erau cufundaţi în propriile gânduri. Caii nu mergeau la trap, ci alergau şi, uneori, părea că aproape zburau. Bărbaţii îşi mustrau aspru animalele, nerăbdători să ajungă, ca nişte suflete urmărite de diavol. Toţi în linişte, îndemnându-şi caii... cu ochii în lacrimi de bucurie că se ştiau în viaţă.

După ora şase seara, când soarele de-abia se ascunsese, au ajuns în sat. Au intrat în cârciumă şi au cerut rachiu. L-au băut fără să scoată vreun cuvânt, apoi fiecare s-a dus la casa lui.

Cei care îi aşteptau acasă nu au trebuit să întrebe nimic pentru a înţelege că misiunea eşuase...

La doar o săptămână de la dispariţia doctorului, don Pedro, don Eche, don Gabo şi Alfredo – la cererea acestuia din urmă – au cercetat lucrurile personale ale lui Argus: o valiză care conţinea vreo şase perechi de chiloţi, patru cămăşi, patru pantaloni, două perechi de pantofi, două pulovere şi vreo şase perechi de şosete. Pe noptieră, patru cărţi şi o agendă. Ustensile de curăţenie, un parfum marca Π şi un aparat de ras.

Agenda conţinea diverse însemnări de călătorie şi câteva numere de telefon cu respectivele nume şi adrese, dar, cu toate acestea, doar un număr a atras atenţia tuturor: Doctor Argus Ra: 011 – 475629 – Quito. „Este numărul de telefon de la cabinetul doctorului", a zis don Eche fără să se îndoiască de asta nicio clipă. „Să mergem!" a poruncit don Pedro, aranjând lucrurile doctorului aşa cum le găsise.

„Sună tu!" i-a ordonat don Pedro lui don Gabo. „La urma urmelor, tu eşti stăpânul hanului, nu?" „Bine", a răspuns şi a format numărul de pe telefonul fix al barului. De nenumărate ori a insistat fără ca nimeni să-i răspundă. Au aşteptat câteva minute şi au mai încercat o dată, dar, la fel ca mai devreme, nu a existat niciun răspuns.

Două ore mai târziu, obosiţi să mai insiste, au hotărât să încerce în altă zi. Se lăsase seara şi era foarte frig.

A doua zi de dimineaţă, Sacha a intrat în cârciumă şi, ca de obicei, l-a salutat pe don Gabo: „Bună ziua", a zis. „Aţi descoperit ceva?" a întrebat nerăbdătoare. „Un număr de telefon la care nimeni nu răspunde", a spus bărbatul fără prea mult entuziasm, deși, din contră, chipul îi trăda îngrijorare. La urma urmelor, era oaspetele său și oricine îl putea acuza de a fi complice la dispariția doctorului Argus Ra. „Și unde ați găsit numărul de telefon?" a întrebat Sacha cu o strălucire în ochi. „În agenda asta", a răspuns don Gabo scoțând-o dintr-un sertar al tejghelei. „Pot să o văd?" a întrebat ea întinzând mâna. „Da", îi răspunse bărbatul, dându-i agenda. Sacha a răsfoit-o, filă cu filă, fără să-și arate adevăratul interes care pusese stăpânire pe inima ei. Dintr-odată, i-a cerut lui don Gabo o cafea și, când acesta și-a întors privirea spre bucătărie ca să-i poruncească bucătăresei să i-o pregătească, Sacha, întorcându-se cu spatele, a rupt cu abilitate ultima foaie, a împăturit-o și și-a vârât-o repede în decolteu, fără ca bătrânelul să-și dea seama de ceea ce se întâmpla chiar sub ochii lui. Era mai atent la știrile pe care în acel moment le transmitea singurul radio care emitea în acel paradis necunoscut și izolat al țării.

Sacha a sorbit atât de repede cafeaua, încât și-a ars limba și, pentru o clipă, a început să respire mai agitat. „Ai pățit ceva?" a întrebat don Gabo vârând agenda sub tejghea. „Nu, nimic. Doar că trebuie să plec", a răspuns și, lăsând pe tejghea ceașca de cafea pe jumătate plină, a părăsit localul fugind mâncând pământul. Nu s-a oprit din alergat până când nu a ajuns la ea acasă, la vreo două sute de metri de han, traversând piațeta, unde locuia de când părinții ei au oferit-o drept soție spițerului din sat. Inima îi bătea haotic, au fost momente în care a trebuit să-și apese pieptul cu mâinile, simțind că-i plesnește. Transpirată și cât pe-aci să leșine, a ajuns în dormitorul ei și a scos foaia din decolteu, puțin umezită din cauza transpirației și a despăturit-o. Ochii ei străluceau într-un mod ciudat contemplând ultima pagină din agenda doctorului Argus Ra, foaie care zăcea pe patul ei...

Cu o mișcare rapidă, a ascuns foaia sub pernă, când a auzit pași apropiindu-se. Soțul ei a bătut în ușă în timp ce întreba: „S-a întâmplat ceva?" „Nu, nimic!" a răspuns, aruncând o privire neliniștită spre pernă.

Pe măsură ce zilele treceau, notabilitățile din Juval își pierdeau speranțele de a-l găsi pe doctor. Alfredo, polițistul-detectiv, care nu a încetat nicio clipă să investigheze, s-a dat bătut și le-a cerut notabilităților satului să anunțe autoritățile din capitala de județ. Într-o noapte, acestea adunate la han, au decis să-i „protejeze" pe locuitorii satului Juval de astfel de întâmplări și, cu votul lui Alfredo împotrivă, au optat pentru a face să dispară lucrurile, inclusiv mașina doctorului, împingând-o în partea cea mai adâncă a unuia dintre defileurile care înconjurau satul. Cu toate astea, în fața încăpățânării și insistenței lui Alfredo, în cele din urmă au acceptat să-i ascundă lucrurile și jeep-ul în curtea unuia dintre crescătorii de vite din ținut, la câțiva kilometri distanță de sat. Au jurat să păstreze secretul sub pedeapsa pierderii prieteniei și chiar a onoarei.

În acea noapte, când luna avea să se pitească, Alfredo urma să conducă vehiculul până la locul potrivit. În felul acesta, cu toții își garantau lor înșiși îndeplinirea acordului și, mai ales, participarea lui Alfredo, care fusese cel mai recalcitrant în privința acordului pe motiv că aparținea poliției naționale.

Deși li se ceruse participanților la reuniune să păstreze secretul, Sacha, înainte ca Alfredo să acționeze, a aflat despre înțelegere, știind chiar și că acea noapte fusese aleasă ca să treacă la fapte. Astfel, într-un moment de neatenție, a reușit să-l deruteze pe don Gabo ca să poată intra în camera doctorului dispărut. A pus mâna pe una dintre cele patru cărți și a ieșit ca o umbră din han ținând cartea ascunsă sub puloverul ei.

În acea noapte, Alfredo, neliniștit, a pornit jeep-ul doctorului îndreptându-se spre locul stabilit. Începuse să cadă o burniță, din aceea care durează ore interminabile în această parte a frumoșilor munți Anzi. După ce l-a acoperit cu o pânză lungă și grea și după ce s-a asigurat că valiza era pe unul din scaune, s-a întors pe jos în sat, suportând cu stoicismul supraveghetorului legii burnița rece care îi lovea chipul și spatele. Trecuseră trei săptămâni de la dispariția doctorului. Când a ajuns acasă, a ascuns într-unul dintre sertarele unui mic birou agenda doctorului împreună cu creionul pe care l-a găsit la laguna unde se sinucid păsările și pe care îl calificase drept proba numărul unu, nu înainte de a fi numerotat agenda ca proba numărul doi și de a fi făcut câteva notări rapide într-un carnețel, imitându-i pe detectivii din filmele polițiste, de care, așa cum știm, era foarte pasionat. Încet-încet dobândise atitudini și gesturi asemănătoare semenilor lui yankei.

Pe măsură ce treceau zilele, satul a revenit la normalitate și locuitorii și-au reînceput rutina cu aceeași seriozitate cu care o făceau dintotdeauna. Ploile s-au abătut mai puternic asupra satului. Străinii care mai treceau prin acele ținuturi erau ingineri sau geologi de la întreprinderi miniere care se opreau pentru câteva minute ca să cumpere țigări sau băuturi, în drum spre taberele lor, în josul râului din Juval.

În mintea oamenilor din sat au încolțit din nou visurile și speranțele lor, atenuate de nefericita întâmplare. Doar două persoane nu au încetat să se gândească la cele petrecute: Alfredo, polițistul care visa zi și noapte, treaz și în somn, că îl va găsi pe doctor și, desigur, Sacha, care profita de zilele mai uscate ca să străbată munţii în căutarea unei piste care să o conducă la Argus Ra.

Patru

Trecuseră deja cinci săptămâni de la dispariţia doctorului şi ploile erau din ce în ce mai lungi şi mai abundente. Puţinele afaceri din sat rămâneau închise din lipsa clienţilor, cu excepţia a patru: hanul, magazinul cu produse alimentare, farmacia şi papetăria.

Într-o dimineaţă cu soare, lucru ciudat în acea perioadă, o ţărancă rumenă la faţă a împins uşa de la farmacie şi, cu o ciudată amabilitate, după ce a salutat, a cerut o cutiuţă cu aspirine. Sacha care stătea pe un scaun într-o parte a tejghelei citind pentru a cincea oară, cu o profundă concentrare, cartea pe care o şterpelise din camera doctorului, a ridicat privirea în faţa acelei ciudate apariţii. Ţăranca i-a susţinut privirea şi acea încrucişare a produs în ambele femei o conexiune pe care, şi după mulţi ani, Sacha avea să şi-o amintească. Secundele lungi au fost întrerupte de vocea spiţerului: „Mai doriţi ceva?" a întrebat. „Nu, atât", a răspuns ţăranca cu o voce liniştită. A băgat mâna în buzunarul puloverului şi a scos nişte bancnote. A plătit şi a ieşit, nu înainte de a-i zâmbi doamnei care o privea cu o curiozitate făţişă, încercând să descifreze cheia zâmbetului ei. Ca şi cum ar fi presimţit că tânăra ar fi cauza abandonului bărbatului pe care ea, încă o dată, îl alesese ca soţ şi amant ca să trăiască fericirea.

De îndată ce a ieşit, Sacha s-a ridicat şi a privit-o pe fereastră pe ţăranca aceea care traversa cu pas grăbit piaţeta. Pentru o clipă, i s-a părut că aceasta întoarce capul şi că ochii femeii se pironeau în ai săi.

S-a întors pe scaunul ei, a deschis cartea la pagina pe care o însemnase şi a citit: *Prostit, am cuprins-o de mijlocul incredibil de subţire şi i-am simţit lângă mine întreaga „formă" plină de viaţă...* Citea unul dintre cele mai frumoase romane de dragoste, scrise de Mircea Eliade, autorul preferat al lui Argus Ra şi care aborda dragostea pe care doi bărbaţi, în perioade de timp diferite, i-au purtat-o aceleiaşi femei frumoase: „O întâlnire întâmplătoare într-un café-bar i-a făcut să-şi evoce amintirile, descoperind uimiţi că iubiseră aceeaşi femeie care apoi avea să dispară pentru totdeauna din vieţile lor, lăsându-le doar amintirile".

Şi-a întrerupt lectura observând pe jos ceva de culoare verde, ceva asemănător cu un creion. S-a ridicat de pe scaun şi a luat obiectul, care, într-adevăr, era un creion verde. S-a gândit la ţărancă şi la privirea ei ciudată şi limpede. A vârât creionul în buzunarul puloverului de lână şi a rămas nemişcată, privind pe fereastră începutul unei burniţe dense, dintre acelea care durează ore interminabile şi care par mici potopuri pentru care este nevoie de refugiu şi căldură. Soţul ei, spiţerul, absent faţă de gândurile ei, continua să-şi scrie socotelile... în timp ce ea se gândea la Argus Ra şi inima îi bătea repede, de parcă ar fi fost supraîncărcată de energii invizibile. Şi acel miros pe care Dolores l-a lăsat în aer, acel miros de dragoste, pe care mintea ei nu a putut să-l priceapă în acel moment... Câţiva ani mai târziu avea să înţeleagă de ce acele senzaţii atât de intense i-au invadat inima şi simţurile.

După câteva minute, puţin mai liniştită, s-a retras în dormitor şi a continuat să citească învelită cu câteva pături; totuşi, când s-a întins în pat, o ciudată somnolenţă i-a invadat trupul şi, la scurt timp, a adormit profund, cu hainele pe ea, pe când mâna ei dreaptă ţinea strâns creionul.

S-a trezit după miezul nopţii; soţul ei dormea în aceeaşi cameră, dar nu în acelaşi pat. Ochii ei s-au adaptat cu greu penumbrei. În mână încă ţinea strâns creionul, de parcă de asta ar fi depins viaţa ei. Dar încă nu ştia cât era de adevărat. S-a ridicat şi a privit lumina slabă care lumina piaţeta. Aceeaşi linişte absolută pusese stăpânire pe acel loc. Nici măcar câinii nu urlau în noaptea tristă, cu lună plină. S-a simţit singură. A strâns din nou creionul în mână, ca şi cum de el ar fi depins însăşi supravieţuirea ei...

Dintr-odată, o lumină a apărut în mintea ei, o lumină care avea să o ghideze în următoarele zile de căutare şi reuşite...

Creionul pe care îl tot strângea în mână avea răspunsul: „Era la fel ca acel creion pe care Alfredo, poliţistul, îl calificase drept proba numărul unu sau era oare acelaşi? Sau poate că Alfredo îl purta cu el şi, când a trecut pe la farmacie, fără să-şi dea seama, i-a căzut din buzunar? Şi de ce această bucată de lemn şi cărbune avea atâta putere asupra ei, încât refuza să-l lase din mână? Şi dacă se ducea la Alfredo şi îl întreba dacă acela era creionul? Ce ar crede un bărbat burlac despre o vizită la acea oră din noapte? Şi apoi, comentariile oamenilor? Nu, mai bine nu", s-a gândit, în timp ce inima ei era din ce în ce mai nerăbdătoare şi mintea ei specula tot felul de fantezii şi presupuneri. Nu avea altă opţiune decât să aştepte până a doua zi.

S-a uitat la ceas: era ora 3:00. Mai erau încă trei ore. Trei ore lungi... A încercat să doarmă, dar nu a putut. I-a fost frig şi s-a băgat din nou în pat. „Poate căldura mă va ajuta să adorm", a şoptit, închizând ochii, gândindu-se la Argus Ra, la ţărancă şi la privirea ei, la acel miros care era impregnat în puloverul pe care aceasta îl purta şi pe care Dolores l-a lăsat în urma ei, la cartea pe care o citea, de câte ori o citise şi de câte ori o va mai citi în anii care îi mai rămâneau de trăit... şi aşa, fără să-şi dea seama, încă o dată, a adormit din cauza efortului de a se fi gândit la atâtea lucruri, până când cântatul din zori al cocoşului şi nişte raze delicate de lumină au trezit-o.

S-a uitat la ceas, era ora 7:00. S-a dat jos din pat cam speriată, de parcă ar fi pierdut ultimul tren. Aşa îmbrăcată cum era, şi-a aranjat puţin coafura şi a plecat în direcţia casei lui Alfredo. Dimineaţa nu era însorită, nici întunecoasă, dar era frig. La ora aceea, câţiva locuitori cu paşi grăbiţi îşi începeau ziua de lucru obişnuită şi grea. În cinci minute a ajuns în faţa porţii modestei locuinţe a lui Alfredo. A bătut cu delicateţe, căci nu voia să-şi arate interesul care îi ardea inima. „Da, o clipă", a zis Alfredo. „Cine e?" a întrebat înainte de a deschide uşa. „Eu, Sacha". După câteva secunde s-a deschis uşa şi a apărut chipul vesel al poliţistului cu un zâmbet pe buze. „Bună dimineaţa, Sacha. S-a întâmplat ceva?" „Am o nedumerire" a zis ea. „Ce nedumerire?" a întrebat acesta cu o atitudine de atotştiutor. „Mai ai creionul pe care l-ai găsit la laguna unde se duc păsările să se sinucidă?" „Da, de ce?" a întrebat ca un detectiv. „Mi-l arăţi, te rog?" „Bine, fiind vorba de tine...", a zis şi a intrat în casă. Puţin mai târziu a ieşit cu creionul în mână, pe care scrisese chiar el însuşi, pe o bandă adezivă: *proba numărul unu, caz doctor Argus Ra.*

S-a uitat la creion şi inima ei a început încă o dată să bată mai repede. Obrajii ei s-au colorat din cauza căldurii intense care izvora din profunzimea emoţiilor sale, simţind chiar şi o uşoară ameţeală. „Mulţumesc", a zis strângând mâna lui Alfredo şi a plecat îndreptându-se spre casă. Simţea nevoia să se liniştească şi să se gândească... Inima ei tulburată a continuat să bată într-un ritm nebun. Era emoţionată. Ceva îi spunea că se afla pe punctul de a găsi răspunsurile la întrebările ei...

Acasă, a deschis unul dintre cuferele din comoda sa şi a scos cu grijă o hârtie. A privit-o timp îndelungat, ochii i-au strălucit de emoţie... era foaia din agenda lui Argus Ra.

A apropiat foaia cât mai mult de nas şi i s-a părut că simte acelaşi miros pe care l-a răspândit prezenţa lui Dolores, acelaşi miros al creionului. Delira. Cu toate acestea, într-un colţişor al minţii îşi spunea că da, nu se înşela.

A aşteptat câteva minute ca să-şi calmeze agitaţia, apoi s-a schimbat de haine, dispusă să se plimbe pe câmp. „Puţină mişcare avea să-i prindă bine", s-a gândit. Cu câteva secunde înainte să plece, soţul ei şi-a făcut apariţia şi a întrebat: „Te duci undeva?" „Să mă plimb puţin", a răspuns şi, chiar în acel moment, şi-a adus aminte de Dolores şi a întrebat: „O cunoşti pe femeia care a cumpărat aspirine?" „Dacă nu mă înşel, o cheamă Dolores", a răspuns. „De ce?" „Aşa, doar că eu nu am văzut-o niciodată", a zis Sacha. „Păi, după ce i s-a întâmplat, a devenit pustnică", a continuat spiţerul punându-şi şorţul. „Oh!" a exclamat Sacha, de parcă întregul ei interes s-ar fi sfârşit, pregătindu-se să plece. „Pe curând", a zis. „Pe curând", a răspuns el ca un robot, obişnuit cu ieşirile Sachei, cu care trăia de convenienţă, căci ea îi refuzase dragostea.

Cu creionul în buzunar, s-a îndreptat spre biserică; probabil că părintele Gonzalo știa ceva în legătură cu Dolores.

După ce a ajuns la biserică, deschisă de la prima oră a dimineții, l-a căutat cu privirea pe preot. L-a văzut curățând candelabrele din altarul principal. Fără să facă zgomot, s-a apropiat și l-a salutat: „Bună ziua, părinte Gonzalo". „Bună, fiica mea", a răspuns acesta. „Ce te aduce așa devreme pe aici?" a întrebat-o pironindu-și privirea în ochii ei frumoși. „Hmmm, vreau să vorbesc cu dumneavoastră, părinte." „O spovedanie?" a întrebat serios. „Nu, nu e tocmai una", a zis și ea tot serioasă. „Atunci?" s-a arătat părintele cam intrigat. „O cunoașteți pe Dolores?" „Care Dolores?" „Pustnica", a subliniat Sacha. „A! Ea trăiește într-un loc numit Refugiul singurătății. E tot ce-ți pot spune, fiica mea. Acum am ceva de făcut pentru slujbă. Dar vino în altă zi și vorbim, da?" a zis preotul și s-a îndepărtat cu pas lent și obosit. „Mulțumesc, e de ajuns", a spus Sacha și a ieșit din biserică, fără a se mai uita în urmă. O conversație simplă și chiar rece, dar eficientă, care a bucurat inima Sachei și a evitat întrebările cu: „de ce" și „pentru ce"...

„Refugiul", se gândea încercând să găsească acel loc de care nu-și amintea să fi auzit, vizualizând cu ochii minții geografia ținutului. Cufundată în gânduri, a înaintat în direcția hanului. Fără îndoială, don Gabo trebuia să știe. De îndată ce a ajuns, a cerut o cafea, după cum îi era obiceiul, pentru că fata care se ocupa de bucătărie la cârciumă o făcea foarte concentrată și parfumată, așa cum îi plăcea ei. În timp ce sorbea din cafeaua aromată, l-a întrebat într-un mod „inocent" pe don Gabo: „Dumneavoastră cunoașteți satul Juval și împrejurimile lui mai bine ca nimeni altul, nu-i așa?" „Mă rog, mai bine ca nimeni altul nu pot să afirm, dar că-mi cunosc bine locul natal, asta nu poate nega nimeni", a răspuns mândru, lovindu-se cu pumnul în piept. „Unde se află Laguna păsărilor sinucigașe?" a întrebat Sacha, sorbindu-și cafeaua. „E ușor de ajuns, în direcția Riobamba, faci stânga la intersecția Y de la Colibrí și apoi, după ce străbați vreo trei kilometri, dai de lagună", a răspuns cu oarecare aroganță. „Cunoașteți Refugiul?" a fost următoarea întrebare, sorbind din nou din cafea. „Refugiul... hmmm...", a murmurat și după câteva secunde a zis: „La baza defileului Gran Quebrada, într-o cotitură, pe unde trece Râul Yavircay, cam la vreo douăzeci de kilometri distanță de aici", a răspuns ridicându-și sprâncenele dese. „Unde se află Recinto Comuneros?" a întrebat Sacha cu unica intenție de a-și ascunde adevăratele intenții. „Se află la baza Râului Azul", a precizat don Gabo și ochii ei s-au luminat de bucurie. „Altceva?" a întrebat el de data aceasta în fața tăcerii Sachei. „Nu, mulțumesc", a spus și, sorbind ultima gură de cafea, a părăsit hanul. „La revedere", a zis. „La revedere, Sacha", a răspuns bărbatul murmurând: „Ce frumoasă e!" În acel moment, și-a amintit că Antonio, vânzătorul de la băcănie, cunoștea satul Juval și împrejurimile lui mai bine ca nimeni altcineva. A alergat după ea, în timp ce striga: „Saaaaaaacha". Sacha s-a oprit brusc în mijlocul piațetei și, întorcându-se, a văzut semnele pe care i le făcea don Gabo ca să vină înapoi. S-a întors și a întrebat: „Ce s-a întâmplat?" „Antonio... vânzătorul de la băcănie... el cunoaște foarte bine zona, el te poate ajuta", a zis cu voce gâfâită. „Bine, mulțumesc mult", a spus cu ochii și cu inima săltându-i de bucurie. S-a îndreptat spre băcănie și, înainte de a ajunge, l-a văzut pe Antonio aranjând niște saci de grâu lângă ușă. „Bună ziua, Antonio", l-a salutat Sacha. „Bună ziua, doamnă", i-a răspuns vânzătorul fără să ridice ochii. „O cunoști pe Dolores?" a întrebat în șoaptă.

„Da, doamnă", a răspuns el cu oarecare roșeață pe chip. Fapt care nu a trecut neobservat de Sacha. „Vreau să mă conduci la ea. A uitat ceva la farmacie", a zis Sacha încercând să găsească o justificare. „La ordinele dumneavoastră, doamnă!" „Bine, am putea face asta mâine sau poimâine, o să te anunț eu, a spus aproape în șoaptă. „A, încă ceva: să ții secret această plimbare, da?" a indicat tânăra pe un ton gingaș, dar ferm și a ieșit din băcănie îndreptându-se spre casă. Trebuia să-și pregătească rucsacul. Presimțea că va fi vorba de un drum lung pe cărări periculoase și rustice... dar nimic nu o mai putea opri.

Ajunsă acasă, fără să piardă timp, și-a ales hainele, a luat ceva bani și câteva lucruri personale pentru o călătorie specială și le-a băgat în rucsac, fără să uite, desigur, creionul verde... „Mai am ceva de luat?" s-a întrebat fără să mai găsească și altceva de pus. A stat în farmacie până la prânz, nu voia să trezească bănuieli, căci această călătorie nu trebuia să fie anunțată. A ieșit după ora 14:00 să-l caute pe Antonio și împreună au stabilit să pornească la drum a doua zi la ora 6:00, când soarele va începe să strălucească în spatele munților, în toată splendoarea lui...

Cinci

— Știi, în timpul nopții mi-am schimbat planurile, a zis Sacha când s-a întâlnit cu Antonio la ora 6:00.

— Da? a întrebat tânărul, laconic.

– Mai întâi vom merge la Laguna păsărilor care se sinucid, a zis ea.

– Bine, a răspuns Antonio.

– Să așteptăm autobuzul care duce la Riobamba, da? a indicat Sacha. E 6 fix. În zece minute ar trebui să treacă pe aici.

Au așteptat vreo cincisprezece minute în tăcere.

– Iată-l că vine, a zis Antonio arătând spre autobuz.

S-au urcat, acoperindu-și chipurile. Au plătit biletul și s-au așezat pe locurile din spate. Fără să vorbească, cufundat fiecare în gândurile lui, priveau munții peste care plutea o mantie de ceață care, încet-încet, s-a ridicat străpunsă de razele de lumină. Soarele începea să se înalțe deasupra munților din Juval.

După o oră și jumătate au ajuns în locul cunoscut ca Y de la Colibrí. De acolo până la lagună mai erau vreo 3 kilometri pe care trebuiau să-i străbată pe jos. Mereu în tăcere, Sacha a mers în spatele lui Antonio, de-a lungul celor 3 kilometri. Era ora 10 dimineața când Sacha a reușit să vadă marginea lagunei. Un vânt slab și rece, producea mici valuri pe oglinda apei.

– O, ce frumusețe! a exclamat Sacha când a ajuns la baza lagunei și și-a lăsat rucsacul să cadă peste iarba umedă.

După ce s-a odihnit o jumătate de oră, Sacha a propus să facă o mică inspecție în jurul acelui loc.

După două ore, când soarele era aproape la zenit, nu găsiseră nimic. Înconjuraseră laguna în căutarea unor urme de haine și chiar a trupului lui Argus, care ar fi putut să fi „plutit pe apele reci ale lagunei", și-a imaginat Sacha pentru o clipă. Ea strângea cu putere în mâna stângă creionul verde. S-au așezat pe marginea lagunei și au mâncat ceva. Apoi, fiecare și-a căutat un loc pentru o mică siestă. Antonio a avut presimțirea că la ora două sau trei după-amiază vor apărea păsările sinucigașe.

— Poate o să avem noroc, a zis Antonio privind cerul. Nu se întâmplă asta mereu. Cu atât mai puțin acum, că suntem în luna octombrie...

Sacha avea amintiri vagi despre acest loc. În ciuda frumuseții peisajului, sătenii evitau să vorbească despre el și cu atât mai mult să-l viziteze, și asta numai din superstiție.

Acoperiți cu ponchourile lor, au așteptat miracolul apariției, fiecare cufundat în gândurile sale.

Un fior i-a străbătut Sachei șira spinării gândindu-se la posibilitatea ca Argus Ra să se fi sinucis. „Poate că a venit până aici cu acest scop?" a șoptit la un moment dat. În toată viața ei nu i se păruse nimic mai puțin lipsit de sens decât sinuciderea păsărilor. Pentru ea, existența avea un sens; totuși, prin minte i-a trecut și ei ideea sinuciderii, de parcă acest loc, în contrast cu frumusețea lui, „invita" la sinucidere... A preferat să închidă ochii și a încercat să doarmă. În felul acesta, nu trebuia să gândească...

Ochii lui Antonio fixați asupra lagunei reflectau pace și stoicism, așteptând să i se îndeplinească presentimentul... Nu înțelegea de ce se sinucideau păsările, prin mintea lui nu trecuse niciodată o astfel de idee. El încă avea un motiv întemeiat ca să trăiască...

La unison, amândoi și-au ridicat privirile spre cer, auzind un măcăit puternic. Un stol de păsări se apropia de lagună și, într-o formă ordonată, ca o săgeată, se aruncară în adâncurile acesteia, punându-și capăt vieții.

Spectacolul cel trist nu a durat mult, totuși inimile celor doi au tremurat de tristețe și neputință.

De îndată ce s-a așternut înserarea, au pregătit un mic foc de tabără și au mâncat în tăcere. Au căutat refugiu în mijlocul unor arbuști și și-au aranjat ponchourile, căci îi aștepta o noapte lungă și rece...

A doua zi dimineață, după ce au băut puțină cafea din termosul pe care îl adusese ea, și-au început drumul pe poteci și scurtături cunoscute de Antonio, în direcția refugiului. Ochii Sachei reflectau speranță și vigoare...

Au mers în tăcere. Antonio a acceptat ritmul Sachei. Opriri pentru a se odihni după 2 sau 3 kilometri, puțină apă și ciocolată. „Dă energie", spunea Sacha cu un zâmbet, oferindu-i o tabletă ghidului său. La a patra oprire pentru odihnă, după aproape 13 kilometri de urcări și coborâri pe munții și prin defileurile din Juval, fiind deja ora 11 ziua, cu un ritm care depășea energia frumoasei Sacha, au făcut o pauză ca să mănânce.

Pe când luau gustarea, ochii Sachei s-au ațintit asupra chipului trist, dar tânăr al lui Antonio, care, după părerea ei, nu avea mai mult de 29 de ani. Acesta, tânăr, cu o conformație puternică, însăși amabilitatea întruchipată, mereu dispus să ajute fără să protesteze sau să bombăne, era foarte îndrăgit în sat. Originar din Alausí, venise acum câțiva ani să muncească împreună cu nașa lui, doña Isabel.

„Sunteți bine?" a întrebat cu gingășie. „Da", a răspuns Sacha cu un zâmbet, trăgând o gură de aer rece în piept, care a făcut-o să tușească. „Nu-ți face griji", spuse uitându-se în ochii lui Antonio, care și-a întors privirea.

„Te-ai îndrăgostit vreodată?" a întrebat ea pe neașteptate, în timp ce-și punea rucsacul pe spate și pornea din nou la drum. „Da", a răspuns Antonio lăsând ochii în jos. „A!" exclamă Sacha și tăcu.

Au grăbit pasul, ca şi cum hrana consumată şi dorinţa de a ajunge le-ar fi înlesnit mersul. Pe la ora 3 după-amiază, au mai făcut o pauză de odihnă de o jumătate de oră şi au băut cafeaua caldă din termos, cu plăcintă de mere, preferata Sachei, pe care o pregătise cu o noapte înainte de călătorie. Străbătuseră 21 de kilometri, „practic am zburat", a zis la un moment dat Sacha, al cărei chip se înroşise datorită efortului şi a frigului din acel ţinut. Obrazul lui Antonio nu era la fel, acesta fiind obişnuit cu lungile alergături zilnice şi cu odihnă pe apucate.

„Mai e puţin", a anunţat Antonio, arătând spre muntele unde se afla locul numit Refugiul. Sacha a văzut un peisaj de un verde intens, aproape albastru, şi surprinzător: „Aşa trebuie să fie paradisul", s-a gândit o clipă respirând aerul din ce în ce mai rece al după-amiezii. „Slavă Domnului că nu plouă!" a spus privind cerul. „Avem noroc", l-a auzit zicând pe Antonio care a grăbit mersul, împins parcă de o mână nevăzută.

La 4 după-amiaza şi la baza unuia dintre munţii din Juval, ochii drumeţilor au zărit locuinţa lui Dolores. Mai aveau de trecut un defileu şi ajungeau la poalele colinei care avea să-i ducă la destinaţie. „O oră", a zis Antonio care, pentru prima oară, a lăsat să i se vadă un zâmbet pe buze, în timp ce bea puţină apă, oferindu-i o înghiţitură şi Sachei care a acceptat, în ciuda faptului că fiecare avea propriul bidon. Sacha a băut cu plăcere apa şi, din adâncul inimii ei, i-a mulţumit acestui Antonio spontan şi plin de viaţă. Au continuat să meargă în tăcere, fiecare cufundat în propriile gânduri, economisind energie pe această ultimă porţiune de drum, înainte ca înserarea să se lase peste înălţimile satului Juval şi întunericul să pună stăpânire pe acest ţinut, unde încă nu ajunsese civilizaţia cu electricitatea... un refugiu pentru cei uitaţi de soartă.

Soarele şi-a continuat traseul, ascunzându-se în spatele munţilor şi umbrele au început să se aştearnă peste munţii înalţi...

Cu câteva minute înainte de ora 6, când soarele îşi lua rămas-bun cu ultimele sclipiri, drumeţii ajunseră la vreo 50 de metri de casa lui Dolores. De acolo au contemplat lumina slabă a unor lumânări care aruncau scântei imperceptibile pe fereastra locuinţei, insuficiente pentru a se putea vedea lucruri şi persoane. Trebuiau să se mai apropie câţiva metri, au mers în tăcere şi s-au oprit brusc, când au văzut-o pe Dolores ieşind din casă şi îndepărtându-se cu o găleată, cu siguranţa ca să ia apă din fântâna care se afla în spatele casei sau poate pentru a da de mâncare păsărilor din ogradă. Trebuiau să aştepte. Nu voiau să o sperie...

Dintr-odată, într-un acces de entuziasm, văzând că Dolores nu le mai stătea în cale, Antonio a poruncit: „Acum!" şi a început să meargă, încet, evitând să facă zgomot atingând frunzele. În câteva minute au fost lângă fereastră şi au privit înăuntru: două paturi, o masă cu farfurii şi ceşti, două scaune, o vatră şi un fel de dulap, acesta era tot mobilierul care se vedea. Într-unul din paturi dormea un bărbat...

„O fi el?" s-a întrebat Sacha cu inima cât pe-aci să-i sară din piept.

Au auzit paşi şi s-au ascuns în spatele primului arbust pe care l-au găsit mai aproape de fereastră. Au văzut cum Dolores ducea găleata cu apă cu braţele ei puternice şi intra în casă închizând uşa în urma ei. După câteva minute, liniştea a invadat locul şi albastrul intens al cerului a făcut loc unei luni care a început să strălucească în toată splendoarea ei. O noapte fără nori şi plină de stele... şi acea lună uriaşă luminând munţii sălbatici ai satului Juval...

Au auzit zgomote, cu siguranţă spăla vasele şi, după câteva minute, lumina slabă a lumânărilor şi-a redus şi mai mult intensitatea. Apoi s-a mai auzit doar suflul vântului caracteristic înălţimilor din Anzi.

„Ce facem, doamnă?" a întrebat Antonio aproape în şoaptă. „Lasă-mă un pic", a răspuns, în timp ce mintea ei concepea un plan.

După câteva minute: „Cred că e mai bine să batem la uşă" a propus Antonio, întrerupând cugetările Sachei.

„Bine, haide", a acceptat ea şi ridicându-se s-a îndreptat spre locuinţa femeii, urmată de el.

Antonio a bătut la uşă. Nu a răspuns nimeni. Au aşteptat, apoi a mai bătut încă o dată: „Cu siguranţă, a adormit", a zis Sacha la urechea lui Antonio. „Cine e?" a întrebat speriată Dolores. „Antonio", a răspuns el, sigur că ea ştia cine era. „O clipă", a strigat Dolores, în timp ce acoperea trupul care era lungit pe unul din paturi.

A deschis uşa cât să-i vadă chipul lui Antonio: „Ce te aduce pe aici?" a întrebat intrigată, dar fără urmă de supărare. „Ţi-am adus proviziile pe care le-ai comandat", a răspuns acesta arătându-i o sacoşă de pânză. „Eu n-am comadat nimic", s-a arătat surprinsă, ivindu-se cu jumătate de trup în uşă şi, în acel moment, a văzut-o pe Sacha. A ţipat şi a încercat să închidă uşa, dar Antonio, mai puternic, a împins-o, a deschis uşa larg şi au intrat în cameră. „Nu am făcut nimic rău. Doar l-am îngrijit, doar l-am îngrijit", se văita ea, aşezată pe marginea patului pe care se odihnea un trup. „Linişteşte-te, linişteşte-te!" a exclamat Sacha, în timp ce mângâia capul femeii care plângea în hohote cu mâinile pe faţă. Sacha rămăsese în picioare privind chipul lui Argus Ra, care, auzind plânsetul lui Dolores şi vocea

Sachei, a întredeschis ochii şi s-a uitat, încă adormit, la frumoa-
sa ei figură.

Pupilele lui s-au mărit iar ochii îi luceau într-un mod ciudat
şi a şoptit cu voce slăbită: „Sacha... Sacha, tu eşti?" a întrebat şi
a încercat să se ridice, dar nu a putut. „Argus!" a spus Sacha
emoţionată, mângâindu-i fruntea, şi a întrebat: „Cât e de gravă
starea lui?" „S-a îmbunătăţit mult de când l-am salvat", a răs-
puns Dolores puţin mai liniştită privindu-i pe fiecare dintre ei
şi s-a înroşit la faţă când Antonio i-a zâmbit.

Sacha a atins cu gura ei buzele palide ale lui Argus şi, fără să
se poată abţine, l-a sărutat cu pasiune, lipindu-se cu trupul de
cel al bărbatului, în timp ce Antonio şi Dolores părăseau came-
ra în tăcere, ţinându-se strâns de mână.

Două zile mai târziu, la prima oră a dimineţii unei zile lu-
minoase, dar friguroase, patru persoane părăseau zona denu-
mită Refugiul: îşi duceau în spate rucsacurile şi multe iluzii.

Cu o roabă transformată într-o targă improvizată îl cărau pe
convalescentul Argus pe nişte cărări pe care le cunoştea Dolo-
res în direcţia Totoras, la vreo 17 kilometri de refugiu; acolo era
posibil să găsească oameni care să-i ajute şi să pună capăt sufe-
rinţei lui Argus. Drumul a fost mai scurt decât cel de venire,
pentru că *potecile lui Dolores* i-au ajutat pe drumeţi şi, în mai
puţin de trei ore, ajunseră la Totoras.

Drumeţii care i-au văzut ar spune că aproape zburau şi că
au auzit râsete şi iar râsete, de parcă ar fi fost beţi de fericire,
sărbătorind vreun sfânt aşa cum se obişnuia pe meleagurile
acelea.

După câţiva ani, cineva a povestit că Dolores şi Antonio se
stabiliseră în Alausí şi că administrau o băcănie. A mai povestit
şi că văzuse doi copii, o fetiţă care semăna cu Dolores şi un

băieţel mai mare, foarte chipeş, care nu semăna nici cu Anto-
nio, nici cu Dolores.

Spiţerul avea să găsească, după câteva zile de la dispariţia
soţiei sale, o foaie bine împăturită, prinsă într-o bluză. Avea
desenat chipul Sachei şi în partea de jos iniţialele Ra. Nu ştia
cine era, dar a bănuit că acela era motivul absenţei sale... şi a
plâns.

Viaţa lui Argus Ra şi a Sachei a început într-o zi în care s-au
văzut pentru prima oară la han şi avea să se sfârşească după o
lungă perioadă de timp...

SFÂRŞIT

CUPRINS